U0889543

河北传媒学院
Hebei Institute of Communications

传媒艺术类
应用型本科教材

宋兆宽◎编著

新时代新闻作品评析

Analysis of News Works

中国国际广播出版社

目　录

第一章　新闻作品评析的基本要素

新闻作品评析者必须首先明确新闻作品评析的定义、对象、作用和原则，才能行之有效地开展新闻作品评析工作。

第一节　新闻作品评析的定义及对象

一、新闻作品评析的定义

新闻作品评析是指评析主体对新闻作品及其相关因素所进行的评价和分析。

对上述定义中的几个关键词，笔者进行如下解释："评析主体"在此主要是指专业新闻工作者，包括教学科研机构的专业技术人员、媒介机构的工作人员、各级新闻评选机构等。"相关因素"主要指与新闻作品生产联系紧密的行为、影响等，如新闻作品生产者及其行为、新闻作品生产者所供职的媒介机构的行为、新闻作品的社会效果等，以及新闻作品中联系紧密的所有因素。或者说，我们可以从任何方面、任何角度对新闻作品予以评价和分析。例如，我们可以从经济学、政治学、法学、伦理学、历史学、社会学、心理学、教育学、管理学、人类学、民俗学、美学等方面对新闻作品进行评析。笔者曾撰写的新闻美学系列谈被一些杂志发表，如《清水出芙蓉　天然去雕饰——谈新闻写作的朴素之美》[①]、《丸之走盘 横斜圆直——谈新闻写作的和谐整齐美》[②]等。

二、新闻作品评析的对象

新闻作品种类的界定通常应以中国新闻奖[③]评选范围为准。2022年6月，中华全国新闻工作者协会（简称中国记协）公布了新修订的《中国新闻奖评选办法》，优化奖项结构，采取合并同类项、减少交叉项、取消不宜项的办法，将原有29个奖项优化为20个奖项，新闻单位的原创作品均可参评。这20个项目又分为基础类项目和专业类项目。其中，基础类项目按作品体裁申报，具体包括消息、评论、通讯、新闻专题、新闻纪录片、系列报道、新闻摄影、新闻漫画、副刊作品、新闻访谈、新闻直播、新闻编排、新闻专栏、新闻业务研究等14个奖项；专业类项目不限作品体裁，具体包括重大主题报道、国际传播、典型报道、舆论监督报道、融合报道、应用创新等6个奖项。上述评选项目均可被认定为新闻作品，极具广泛性。

---

① 宋兆宽.清水出芙蓉 天然去雕饰：谈新闻写作的朴素之美［J］.新闻界，1990（1）：16-17.

② 宋兆宽.丸之走盘 横斜圆直：谈新闻写作的和谐整齐美［J］.新闻知识，1991（1）：35-36.

③ 中国新闻奖（China Journalism Award）是经中宣部批准常设的全国优秀新闻作品最高奖，由中华全国新闻工作者协会主办，每年评选一次。中国新闻奖评选范围为经国家正式批准的报社（报业集团）、通讯社、广播电台、电视台，以及新闻宣传主管部门和新闻单位主办的具有登载新闻业务资质的新闻网站等。中国新闻奖参评作品为以上新闻单位原创，由新闻工作者采写制作，并在上一年度内刊播的新闻作品；有国内统一连续出版物号的报刊在上一年度刊发的新闻论文；媒体融合奖项作品要求在以上新闻单位移动端发布，应用数字技术、移动互联网技术等进行融合传播。

第二节　新闻作品评析的作用

新闻作品评析活动早已有之，其作用或意义会随着时代的发展或具体工作需要而略有不同。在中国特色社会主义新时代，新闻作品评析活动的作用非常重要，我们务必做到认识到位、行动积极和成效显著。

一、有利于坚持正确舆论导向

新闻媒体是党、政府和人民的喉舌，是党和国家重要的思想文化阵地和舆论阵地，是党和人民群众联系的纽带和桥梁，在党和国家的发展中有着极其重要的地位和作用。新闻作品评析是导向中的导向。通过对新闻作品进行评析，指出其在坚持正确舆论导向上的得失，进而保证新闻媒体在新闻宣传上始终如一地坚持正确舆论导向，保证党和国家关于新闻工作的方针、政策和原则落到实处。舆论导向正确是党和人民之福，舆论导向错误是党和人民之祸。要始终坚持马克思主义新闻观，牢牢把握正确导向，坚持“团结稳定鼓劲、正面宣传为主”的新闻舆论基本方针，着力用主流思想、主流价值和主流文化巩固壮大主流舆论，提高舆论引导的及时性、权威性、公信力和影响力，发挥宣传党的主张、弘扬社会正气、通达社情民意、引导社会热点、疏导公众情绪、搞好舆论监督的重要作用，保障人民的知情权、参与权、表达权和监督权。

二、有利于新闻媒体单位发展进步

新闻媒体单位开展内部评析活动，无疑特别有利于自身媒体蓬勃发展，践行初心使命。例如，人民日报社历来重视评报工作，经过多年努力探索，不仅将内部评报制度化和规范化，还积极开辟多种途径开展读者评报活动，最大限度地收集读者意见和反馈，与内部评报形成了有力互动与配合，直接服务于办报工作，取得了良好成效，积累了宝贵经验。人民日报社的评报内容不局限于检查、评点文章的语法、文字、标点符号等硬伤，更重要的是对舆论导向、选题策划等方面进行点评，站在一定的高度，评各版头条，评重点言论，评典型报道，评图片安排，评版面布局，评创新意识，评文字文风，评存在的问题，等等；评报内容丰富，也很活泼，评者与被评者畅所欲言，相互沟通，从而达到共同提高的目的。而厦门日报社的每日评报主要包括总编辑评报、轮值编委评报和部门轮值评报。这些评报意见先张贴在评报栏，然后每周汇编成《评报快讯》发给各部门，在厦门日报社的报纸评报系统中占有十分重要的地位。

三、有利于新闻人员提升素质

新闻行业主要包括新闻业界和学界。新闻业界和学界开展新闻作品评析活动可以提升相关人员的整体素质，起到充分发挥先进典型示范激励的作用。近代以来，新闻宣传战线涌现了大量先进集体和模范人物，激励一代代新闻人士顽强奋斗。大力宣传名记者和名作品，真正把先进典型可贵的精神底蕴、精神风貌、精神价值、经验教训等挖掘出来，释放取长补短、激扬士气的强大正能量，促进新闻事业蓬勃发展。自 2014 年起，中共中央宣传部（简称中宣部）、中共中央网络安全和信息化委员会办公室（简称中央网信办）、国家新闻出版广播电影电视总局（现为国家广播电视总局）[①]、中华全国新闻工作者协会等主办的“好记者讲好故事”活动，是全国新闻界每年一度的盛典，截至 2023 年已是第十届。“好记者讲好故事”活动实际上是非常有分量和实效的新闻作品评析活动，致力于推动全国新闻战线深入学习宣传贯彻习近平新时代中

① 2018 年 3 月，中共中央印发《深化党和国家机构改革方案》，并发出通知，要求各地区各部门结合实际认真贯彻执行。根据《深化党和国家机构改革方案》，中共中央宣传部统一管理新闻出版和电影工作，国家新闻出版广播电影电视总局的新闻出版管理职责和电影管理职责划入中共中央宣传部。2018 年 4 月 16 日，新组建的国家广播电视总局正式挂牌；同日，国家新闻出版署、国家版权局和国家电影局分别挂牌。至此，原国家新闻出版广播电影电视总局正式成为历史。

国特色社会主义思想，通过组织广大新闻工作者讲亲历故事、谈采访过程、说内心感受等，引导和激励他们牢固树立马克思主义新闻观，大力弘扬职业精神，恪守职业道德，培育和践行社会主义核心价值观。

四、有利于群众办报工作落实

“全党办报、群众办报”是中国共产党提出并实行的依靠党组织、党员和人民群众办报的工作方针，是中国共产党人对马克思、恩格斯、列宁等人的新闻思想和理论传统的继承和发展，尤其是马克思的“人民报刊”理论和列宁的党性原则思想。“全党办报、群众办报”的基本内容主要包括 5 个方面：①党的报纸，是党的耳目喉舌，也是人民的耳目喉舌。办好报纸，要依靠全党，依靠人民群众。②各级党委加强对报纸的领导，帮助报纸编辑部了解党的方针、政策等，了解党委的意图，了解实际情况，了解群众的思想动态。③在党的领导下，发动群众参加报纸工作，使专业的报纸工作人员和群众紧密结合。④组织通讯员队伍，把各方面的积极分子、先进人物、专家、学者和广大读者团结在报纸编辑部周围，为报纸写稿，提供信息和新闻线索，帮助报社改进工作。⑤编辑部重视读者来信来访工作，了解实际情况，倾听群众呼声，掌握群众脉搏，回答群众提出的问题，使报纸和群众息息相通。例如，西安日报社为了架起读报人和办报人之间沟通的连心桥，形成双向互动，使报纸贴近生活，贴近实际，贴近群众，组建“千名读者评报团”，颁发聘书，组织开展行之有效的评报活动，效果十分明显。

五、有利于培养学生的实际能力

全国开设新闻学等专业、培养新闻人才的高校众多。莘莘学子通过新闻作品评析类课程可以系统全面地掌握新闻作品评析的性质与作用、特点与目的、原则与方法，以及新闻评析的写作步骤与技巧、新闻评析工作者的基本素养等，无疑有助于学生基本能力和综合素质的提高，真正成为德智体美全面发展，拥有高度的社会责任感和使命感，系统掌握新闻基本知识和基本理论，掌握新闻采、写、编、评、播等方面的基本技能，具有较强的社会实践能力，熟悉我国新闻宣传政策法规和新闻传播规律，了解新媒体技术，能够服务地方经济文化建设，在各类新闻机构、其他传媒单位、企事业宣传部门等从事新闻宣传管理等相关工作的应用型人才。在提高学生实际能力的同时，教师的新闻业务素质及其培养学生的能力显著提高。有些大学教师还担任中国新闻奖等奖项评选活动的评委，而后将他们的亲身体会渗入人才培养当中。

六、有利于评奖活动更加完善

开展中国新闻奖等各级新闻奖评选活动，旨在检阅我国新闻工作年度业绩，表彰德才兼备的优秀新闻工作者，展示新闻战线的最新成果，发挥优秀新闻作品和优秀新闻工作者的示范作用，引导和鼓励广大新闻工作者坚持马克思主义新闻观，继承和发扬党的新闻工作优良传统，弘扬职业精神，恪守职业道德，促进新闻媒体多出精品、人才等，推动我国新闻界建设政治强、业务精、纪律严、作风正的高素质队伍，推进新闻事业更好地为人民服务，更好地为社会主义服务，更好地为全党和全国工作大局服务。

第三节　新闻作品评析的原则

新闻作品评析的原则是新闻作品评析应该遵循的一般规范，用来调整和处理评析者和评析对象的关系，以更好地开展新闻作品评析工作，发挥应有的作用。

一、坚持实事求是原则

首先，新闻作品评析的基本原则是客观公正。评析者应该从理性和实事求是的角度来评析新闻作品，摒弃个人情感或立场，全面了解新闻背景和基本事实，客观公正地评价新闻作品的内容、结构、文风、价值等。

其次，新闻作品评析要遵循理性分析原则。即使公认的优秀新闻作品也可能存在问题。评析者应全面辩证地对新闻作品进行理性分析和评价，对新闻作品的整体逻辑和论证过程进行深入解读，客观评判新闻作品的合理性和说服力。

再次，新闻作品评析应该具有科学性。新闻作品评析的科学性指评析者对新闻作品及其相关现象进行评判要符合实际，做到客观公正，深刻而富有创见。评析活动不仅要对新闻作品进行说明、解释等，正确评价作品的思想内涵和艺术价值，还要通过范例总结经验、探讨规律、升华理论等。也就是说，要运用马克思主义新闻观，去粗取精、去伪存真、由此及彼、由表及里地对新闻作品进行全面考察和深入研究，进行科学分析和评价，得出科学结论。

二、坚持知人论世原则

在新闻作品评析过程中，特别是对重大新闻作品评析过程中，要做到知人，即：研究作者（主创人员）的生活经历、专业能力、主要成就、思想状态、文化艺术修养等整体素质，以及他们的兴趣、爱好、感情、心理、性格、气质等精神个性。作者（主创人员）会自觉不自觉地把他们的整体素质和精神个性渗透到新闻作品之中。了解了作者（主创人员），才能更好地评析他们的作品，提高新闻作品评析的效果，也会使读者对新闻作品的作者（主创人员）从整体上进行把握，进而得到更多启示和裨益。所谓论世，就是把新闻作品放到特定的社会环境，结合时代的政治、经济、文化等进行分析。新闻作品是作者（主创人员）对新近发生或正在发生的事实的报道，是社会生活最直接、最快速、最真实的反映。“今天的新闻就是明天的历史”是人们的共识。同时，新闻作品中渗透着作者（主创人员）对新闻事实、社会生活等的理解、分析和评价。优秀新闻作品是与各种各样的社会问题密切联系在一起的，无不反映某个历史时期的社会生活的本质、特征和规律。新闻作品评析者对作者（主创人员）和新闻作品评析时，必须检验作者（主创人员）对社会生活的思考和判断是否真实、正确和深刻，以及真实、正确和深刻的程度。

三、坚持注重特点原则

注重特点可以从多方面进行思考。例如，从新闻作品所刊发的不同载体进行思考，就有文字报道、广播报道、电视报道等，而它们又可以细分为不同的类别。例如，文字报道中有消息、通讯、调查报告、评论等，广播报道中有录音讲话、录音报道、录音新闻、口头报道、录音通讯、广播对话、广播评论等，电视报道中有消息类新闻、连续报道、系列报道、专题报道、电视新闻调查、电视新闻访谈、电视新闻评论等。若按专业报道分类，新闻作品可以分为政治新闻、经济新闻、体育新闻、军事新闻、法制新闻等。进行新闻作品评析时，一定抓住所要评析的新闻作品各自不同特点，如语言特色、结构特色等。笔者曾致力于新闻美学研究，曾发表一系列论文，如《图文并茂展事实　悲壮融合升境界——谈新闻摄影作品的悲壮之美》[①]等，均以新闻学和美学相结合为一大特色。

四、坚持评析自由原则

新闻作品评析是人类精神领域的活动，是人类的思想认识升华到新境界的产物。每个新闻作品评析者都有着强烈的独立精神。“百花齐放、百家争鸣”方针，又称“双百”方针，是由毛泽东提出，经中共中央确定，发展社会主义科学、繁荣文学艺术事业的长期性方针。这一方针的基本点是文学艺术上百花齐放，科学事业上百家争鸣，即：在马克思主义指导下，在人民内部发扬社会主义艺术民主和学术民主。只有坚持“百花齐放、百家争鸣”方针，坚持评析自由的原则，使评析者畅所欲言，才能促进新闻作品评析活动繁荣发展。例

① 宋兆宽．图文并茂展事实　悲壮融合升境界：谈新闻摄影作品的悲壮之美［J］．艺术家，2019（10）：70.

如，张选国在《应该怎样写作——对 78 篇新闻稿的评析》[①] 一书中旗帜鲜明地指出了 78 篇新闻作品存在的问题，是坚持评析自由原则的典型案例。再如，第二十八届中国新闻奖和第十五届长江韬奋奖评委、中国传媒大学教授王宇在《评委有话说丨第二十八届中国新闻奖广播作品评析》[②] 一文中直截了当地指出，第二十八届中国新闻奖参评的广播作品存在三个问题：

一是消息类作品缺乏精品力作。由于种种原因，消息被弱化的问题由来已久。在本届新闻奖的广播新闻作品中，这一问题仍然存在。一些入围终评但未能获奖的消息甚至犯了不少低级错误，有的消息缺乏新闻由头，尽管主题很好，声音元素也很丰富，但新闻性不足成为硬伤；有的消息因为缺乏提炼找不到重点而消解了新闻价值，如某篇讲故宫首次为农民举办追思会的报道，故宫破例为他举办追思会，是因为该农民曾向故宫捐赠过 19 件文物，而不是因为他是农民。记者过度强调其农民身份，致使新闻点错位。

二是一些记者基本功不够扎实，在一些好主题的挖掘上出现了缺憾。如某篇关于医生变“医托”的报道，是系列类唯一的监督性报道，反映的医生多点执业乱象是一个非常重要的民生问题，报道播出后社会反响强烈。美中不足的是，虽然记者在一周之内 3 次采访相关涉事医院，提出希望通过这组报道帮助相关部门推动落实医生多点执业这项惠民政策，但 3 篇报道都未采访可以推动该政策的“相关部门”——卫健委和（或）医政医管局，深度和效果就打了一些折扣。如果采访更全面深入一些，效果可能会更好一些。

① 张选国．应该怎样写作：对 78 篇新闻稿的评析［M］．北京：新华出版社，1998.

② 王宇．评委有话说丨第二十八届中国新闻奖广播作品评析［EB/OL］．（2019-06-03）［2023-08-21］．http://www.zgjx.cn/2019-06/03/c_138113040.htm.

三是对于一些新现象、新问题的探讨焦点不实、观点游离，缺乏深度。老年保健品、校园贷、共享单车已成为当前消费维权的热点话题。本届新闻奖入围作品中有多篇关于共享单车的报道，但或是记者对“共享”尚无足够了解就匆匆做论，或是记者想表达的内容过多反而冲淡了主题，总之虽然表现方式还算丰富，但立论和行文总让人感觉并未找到症结，流于表面、隔靴搔痒。某篇对校园贷的评论更是如此，虽然记者发现了问题，却未能深入分析更遑论解决问题。作者虽然有发现问题的眼睛，捕捉到了好选题，但由于缺乏驾驭能力，好的题材未能成为好的作品，实在很遗憾。

而后，王宇教授就“如何提升广播新闻报道的创优水平”这一问题提出三点建议，具有很强的针对性和实用性。当然，坚持评析自由原则不仅仅局限于专家、教授等，一般受众同样可以参与评析自由活动。2019 年 12 月 30 日，《人民日报》第 7 版《读者来信》专栏刊发一组读者来稿——《我给党报写信后……》，盘点 2019 年读者遇到操心事、烦心事、揪心事等给《读者来信》栏目组打电话或写信后的办理、反馈等情况。对此，《中国新闻出版广电报》发表文章评析道：

一张党报，上连党心，下接民心。《读者来信》就是党报记者出发的号角，群众也期盼党报记者永远在路上。反映人民呼声、调查现实问题、回应群众关切，就是《人民日报·读者来信》的职责使命。对党报舆论监督有不正确看法的干部，应该认真反思，好好“改一改”，对新闻媒体的“揭短”不仅不该排斥、反感，而且要鼓励、诚恳接受，绝不护短，切实加以改进。这既展示了一种胸怀、一种格局，更体现了对当地人民群众的一种责任、一种担当。如此方能为党报营造良好的舆论监督生态环境，才能齐心协力、共同努力，不断满足人民群众对美好生活的向往。[①]

本章作业

1. 联系个人实际谈谈如何提高新闻作品评析能力。

2. 联系个人实际谈谈如何坚持评析自由原则。

3. 评析新华社图片新闻作品《下山，哥哥背你去新家》[②]。

① 吴旭. 党报暖民心　为基层群众排忧解难［N］. 中国新闻出版广电报，2020-01-14（7）.

② 田建川 . 下山，哥哥背你去新家［EB/OL］.（2018-02-04）［2023-08-18］. http://m.news.cn/photo/2018-02/04/c_1122366581.htm.

第二章　新闻作品评析文章的写作

新闻作品评析文章写作能力是评析者必须具备的基本专业素养。缺乏过硬的新闻作品评析能力及相应的评析文章写作能力，不可能适应时代发展的需求。本章主要探讨新闻作品评析文章写作的相关问题，研究篇幅较长的评析文章写作的相关问题。

第一节　写作准备阶段

古人云："有备无患。"新闻作品评析文章写作，同样必须做好准备工作，才能做到万无一失，达到出精品、生效益、留美名等效果。

一、确定选题

确定选题，就是确定新闻作品评析写作的对象。这项工作是整个新闻作品评析写作工作链条的第一个环节。正所谓："万事开头难。"确定选题是一项艰巨的工作，选题质量的高低直接决定了后续工作的成败。

选题来源通常有两条主要渠道：一是外界指定选题，如报社、期刊社、评价机构、职能部门等的约稿。这种选题往往受到约稿方的诸多限制，作者不能按照自己的意愿行事，写作难度通常比较大。二是作者确定选题。这种选题的主动权掌握在作者手中，操作起来也相应会得心应手。前者，我们称之为被动性选题；后者，我们称之为主动性选题。

我们通常所说的确定选题，主要是指确定主动性选题。

确定选题，要做到客观和主观相统一。就客观而言，选题要有价值和意义，需要评析，也值得评析。就主观而言，选题要难易适度，可以驾驭，宜于评析，作者也有能力评析。

单从客观方面考虑，确定选题应注重以下 5 个方面的问题。

1. 选择具有重大社会影响力的新闻作品

具有重大社会影响力的新闻作品主要包括重大主题报道、反映重大战役的作品、重大主题宣传报道、重要舆论监督作品等。确定新闻作品评析的选题时，要优先重点考虑具有重大社会影响力的新闻作品。

2. 选择群众普遍关心的热点问题的新闻作品

群众普遍关心、真实反映群众愿望、与社会发展密切相关等的热点问题，通常是记者采写制作新闻报道的重点，也是新闻作品评析者关注的焦点。也就是说，评析新闻作品必须贴近实际，贴近生活，贴近群众，才能具有旺盛的生命力。

3. 选择具有突出艺术价值的新闻作品

评析新闻作品要坚持思想标准和艺术标准相统一。评析者不仅要把思想标准放在首位，也不能忽视艺术标准的重要性。新闻作品的艺术价值主要体现在作者对新闻作品采制规律、方法等的探索、呈现等方面。将具有突出艺术价值的新闻作品作为新闻作品评析的选题，进行深入研究，总结新闻作品采制规律、方法等，有利于促进新闻事业的发展。

4. 选择具有不良表现或倾向的新闻作品

具有不良表现或倾向的新闻作品通常存在内容有害、形式欠佳、表达不妥等问题，包括内容上宣扬色情、凶杀、封建迷信、唯利是图、极端个人主义等，形式上故弄玄虚、玩弄辞藻等。新闻作品评析不仅要“浇花”，也要“除草”。新闻作品评析活动是“导向中的导向”，评析者必须履行好这一职责。

5. 选择具有学术争论价值或存在疑义的新闻作品

要坚持“百花齐放、百家争鸣”的方针。新闻评析活动中的争论通常是学术热点问题，非常具有探讨价值。新闻评析者参与其中，既可以提高自身的学术水平，也有利于新闻事业长足发展。

二、收集材料

在这里，材料是指新闻作品评析者为实现写作目的而收集并撷取的相关事实、现象和理论论据。任何写作活动，均须收集并占有丰富的材料。新闻作品评析活动也不例外。

（一）收集材料的重要性

1. 材料是形成观点的基础

就研究和解决问题，毛泽东在《改造我们的学习》一文提出：“……而要这样做，就须不凭主观想象，不凭一时的热情，不凭死的书本，而凭客观存在的事实，详细地占有材料，在马克思列宁主义一般原理的指导下，从这些材料中引出正确的结论。”[①] 同样，新闻作品评析文章的观点只能建立在广泛收集相关材料和深入研究问题的基础之上。

2. 材料是证明观点的“血肉”

没有材料的新闻作品评析文章，势必“瘦骨嶙峋”，站不住脚。新闻作品评析文章的观点必须由具有说服力的材料来支撑；否则，其中的观点必然空洞

① 毛泽东 . 改造我们的学习［C］// 中共中央文献研究室，中央档案馆 . 建党以来重要文献选编（一九二一——一九四九）：第十八册 . 北京：中央文献出版社，2011：298-299.

无物，无法产生良好的评析效果。

（二）占有材料的范围

通常来说，收集和占有的材料多多益善，但绝不是“拾得篮中就是菜”。围绕新闻作品评析文章而收集和占有材料，重点应该放在 6 个方面的内容。

1. 新闻作品自身的有关情况

新闻作品自身的有关情况包括内容、形式、时间、载体、版式等。

2. 新闻作品作者的有关情况

孟子曰：“颂其诗，读其书，不知其人可乎？”[①] 鲁迅有云：“我总以为倘要论文，最好是顾及全篇，并且顾及作者的全人，以及他所处的社会状态，这才较为确凿。要不然，是很容易近于说梦的。”[②] 自古以来，我国学者一直秉持文艺批评家必须了解作者的相关情况的观点。新闻作品评析，也不能例外。

新闻作品作者的有关情况主要包括作者的人生经历、供职单位、工作成效等，尤其是与所要评析的新闻作品密切相关的情况，诸如采编制作该作品时的处境、心态、感想等。

3. 新闻作品作者生活的时代和社会环境

马克思主义世界观认为，社会存在决定社会意识。[③] 作者的人生经历及其写作经验无不受到他们生活的时代和社会环境的影响。只有知人论世，深入了解新闻作品作者的人生经历及其写作经验，研究他们所处的时代背景，才能对

① 这句话出自《孟子·万章章句下·第八节》，讲述了孟子关于交友的方法和修身的原则，后演变为诗文评论的方法：要理解一部文学作品，必须考察作者的思想经历，避免孤立主观地附会作者的意图。这一观点对中国古代文艺批评产生了深远影响。

② 张效民．鲁迅作品赏析大辞典［M］．成都：四川辞书出版社，1992：437-438.

③ 马克思，恩格斯．德意志意识形态［M］// 马克思，恩格斯．马克思恩格斯选集：第 4 卷．中共中央马克思恩格斯列宁斯大林著作编译局，编译．北京：人民出版社，2012：474.

他们的新闻作品进行科学评价。时代背景和社会环境主要是指与作品、作者等相关的历史材料、现实材料等，包括政治背景、经济背景、文化背景，以及相关地域的社会环境、风俗习惯、人文风尚等。

4. 相关的新闻作品及其作者

有比较，才有鉴别。评析新闻作品评析时，常常要把所要评析的新闻作品及其作者与同类相关作品及其作者相比较。只有这样，评析者才能把所要表达的立场、观点、建议等阐述清楚，进而彰显新闻作品评析的价值。事实上，孤立地评析某一新闻作品而不联系其他作品及其作者的情况是不存在的。尽管评析者在评析文章中未使用其他作品及其作者的相关材料，但这些材料已在他们遣词造句过程中发挥作用。

5. 有关的新闻传播、媒介业务等的理论知识和专业知识

进行新闻作品评析时，必须有新闻传播等方面的理论知识对相关作品进行审视、衡量、评价等，才能从感性认识上升到理性认识的高度。事实上，在确定选题之前，新闻作品评析者的理论知识储备就早已有之。不过，选题确定后，乃至在搜集材料过程中，他们必须有针对性地充实相关理论知识。只有广泛而富有针对性地充实相关理论知识并加以理解，才能有的放矢地开展新闻作品评析活动。

6. 其他评析者的评析

其他评析者的评析包括书面评析，也包括口头评析。只有深入了解其他评析者的评析，才能评析得更有针对性，从而写出高人一筹的评析文章。

（三）占有材料的原则

1. 全面性

在条件允许的情况下，要尽可能广采博收各种材料。材料丰富了，观点才能提炼得深刻新颖而有意义，才能在论述时有丰富的材料来呈现和证实观点。

2. 准确性

材料不准确，观点或结论难以站住脚跟。材料不够，可能得不出结论，还可以搜集补充；而如果材料不准确，就可能会得出错误结论，危害极大。因此，新闻作品评析者必须坚持科学严谨的态度，在搜集材料的每个环节都要牢牢把关，确保材料准确无误。

3. 典型性

典型材料是指最能揭示评析对象的本质、最能表现说明评析者观点的材料。典型材料是在众多材料中撷取出来的，可以起到以一当十的作用。评析者要想使自身的评析抓住本质，揭示事物内在联系，有力说明问题或阐明观点，就必须善于识别、收集和占有典型材料。

4. 新颖性

别人使用过的陈旧材料，固然可以说明问题，但必定不如新颖材料更具表现力和证实性，更易于被受众接受。新颖理论往往就是学术前沿理论。在一定程度上讲，不掌握学术前沿理论，就会丧失评析新闻作品的能力和资质。

第二节　写作构思阶段

写作构思阶段主要有提炼观点和谋篇布局两个环节。前者是后者的基础，后者是前者的展开。

一、提炼观点

古人有云："意在笔前。"[①] "是以意授于思，言授于意；密则无际，疏则千

① 出自东晋时期著名书法家王羲之所作《题卫夫人笔阵图后》，指写书法、绘画或创作诗文时构思成熟再下笔，亦作"意在笔先"。

里。或理在方寸，而求之域表；或义在咫尺，而思隔山河。”[①] 我国古人的这些观点论述了“意”在写作中的基础作用。“意”就是观点，就是文章的主旨。没有观点的文章，不能称其为文章。新闻作品评析文章，如无明确观点，就不能发挥应有的作用。

（一）反复阅读

反复阅读是提炼观点最直接、最基本的方法。反复阅读不是简单重复，而是在不断寻求观点的过程中步步深化阅读。人们通常分三个步骤进行阅读。一是概读。概读就是从头到尾概括性地阅读，以获得总体印象，抓住中心论点和主要内容。在此基础上，再由粗放到细化、由分散到集中、由表面到深层地提炼观点。二是细读。细读就是精细深入地阅读，目的是细致深入地理解原文。三是重读。重读不是一般意义上的重复阅读，而是带着感想回过头来阅读。这些感想或产生于概读，或产生于细读，它们只是基本观点的萌芽状态，仍未形成基本观点。在重读过程中，对感想进一步发掘验证，进行综合梳理和归纳，形成基本观点。重读是反复阅读的最终环节，需要牢牢把握。

对于广播 / 电视新闻作品，要反复收听 / 收看。新闻作品评析者只有反复多次收听 / 收看广播 / 电视新闻作品，才能不断提高自身寻求观点的水平，才能逐渐形成正确的评析观点，进而写出高水平的评析文章。

（二）精研材料

要完全反映整个事物，要完全反映事物本质，要完全反映事物内部规律，就必须经过充分深入思考，对丰富的感性材料去粗取精、去伪存真、由此及彼、由表及里地进行加工制作，从感性认识跃升到理性认识。要提出自身独到

---

① 出自南朝·梁时期刘勰所著《文心雕龙·神思》，意思是：神思构成意象，意象产生文辞。三者结合得紧密则没有间隙，结合得不好，就好像相隔千里一样。有时候某些事理就在心里，却要到极远的地方寻求，有时候某些思想就在眼前，却又像隔着山河一样遥远。

的观点，就要精心研究各种材料，由感性到理性对丰富的材料展开深入思考。当然，反复阅读的过程也伴随着思考，但这种思考远不是精研。精研材料时，要做到以下两点：一是注重读文入情，捕捉第一印象。第一印象也许是朦胧零散的，但是新鲜、真实、独到的观点、见解等通常就产生于第一印象。要抓住第一印象不放，进行价值判断。价值大，可以继续研究；反之，则可放弃。二是注重由情入理，提炼确立观点。在这一过程中，要善于运用新闻传播学、媒介业务等相关理论和专业知识，对观点形成的范围进行衡量判断，从本质上对评析对象深入剖析，这样评析文章的观点就逐渐形成了。

评析不同媒介形态发布的新闻作品，有着具有不同特征的评析过程。例如，关于评析电视新闻作品，我国著名广播电视理论工作者欧阳宏生认为，常见的步骤为：反复观看电视节目，甚至要结合文本观看；观看过程中要写观看札记，具体内容包括主要人物、主要矛盾冲突、电视手法运用等；搜集同电视作品有关的材料，包括创作者的生平与思想、创作的时代背景等；考察不同层次观众的反应，使评析更具有针对性；对评析对象的各种元素进行分析，包括人物、意象、声图、造型等。完成上述工作后，着手选定评析方法，确定评析角度，形成基本观点，构思评析形态结构，最后进行表达。尤其是在赏析与感悟作品的过程中，要把握以下 4 个重要环节：一是保证高质量收集信息。一定要以静心观照的心境审视电视节目。倘若无法静心观照，不被拥有感环绕，就无法体悟电视作品的美学魅力。二是要进入新闻作品的思想境界、艺术境地等，力求全面准确评析相关作品。三是要在反复观看中弄清作品反映事实的本质，逐渐形成自身独到的评析观点。深刻的观点是评析文章高质量的基础。四是要选择巧妙的新闻作品评析角度。

二、谋篇布局

谋篇布局，就是对文章进行结构安排。安排评析文章的结构，应坚持三个原则：一是要有利于表现中心观点，即围绕中心观点进行布局。布局属于形式，观点属于内容，内容决定形式，形式要为内容服务。二是结构要反映评析文章内在联系和规律。文章整体和部分之间，部分和部分之间，均要体现文章的内在联系，体现文章内在的逻辑关系。通常情况下，“提出问题—分析问题—解决问题”这一模式，构成评论文章结构的基本内容和顺序。三是要适应不同评析文章样式的要求。不同样式的评析文章，组织结构有着不同的特点和要求，这是人们在长期实践中总结出来的规律性认识。把握不同评析文章样式的特点和要求，可以事半功倍，写出规范的评析文章。

谋篇布局的内容主要有层次和段落、过渡和照应、开头和结尾等，这些和一般文章的写作要求基本相同，不再赘述。

第三节 执笔成文阶段

一、评析文章写作的一般要求

评析文章写作的整个执笔阶段可分为三个环节：一是拟出提纲，二是起草初稿，三是修改成文。在这一阶段，应重点优先考虑评析文章的样式和结构。

评析文章作为一种相对特殊的文体，可以尝试多样式和体裁，积极探索体裁创新。就目前来看，评析文章的样式主要有点评式、简评式和论文式。其中，论文式评析文章，短可几千字，长可一本书。

评析文章的结构通常有总分式、总分总式、并列式、分述式、对照式和递进式。评析文章均由中心思想、材料和结构三部分构成。其中，中心思想是评析文章的灵魂，内容要明确；材料使评析内容丰富，集中反映中心思想；结构是评析文章的框架，是谋篇布局的手段，以安排材料的方式反映中心思想。撰写新闻作品评析文章，根据实际情况，可以灵活选择恰到好处的结构方式。

常言道：“文无定法。”新闻作品评析文章写作是一项富有创造性的工作，我们在结构方式上进行创新发展。

二、评析文章写作的基本技巧

评析文章有自身特殊的写作技巧。在此，笔者重点介绍复述、概评和分析这三种基本写作技巧。

（一）复述

复述主要是对所要评析的新闻作品的内容进行介绍，目的是使读者对该新闻作品的全部或部分内容留下总体印象。

复述在评析文章中必不可少。不仅读者需要，评析者自己也需要把复述内容作为论据。即便有时评析文章中可能不用复述内容，评析者构思评析文章的时候也离不开复述内容。可以说，复述是创作新闻作品评析文章的一项重要工作。没有复述，就没有新闻作品评析文章。进行复述时，应注意以下4点。

1. 复述作品，要抓住主干

所谓主干，就是主线、主要情节、主要矛盾等。主干是新闻作品的核心要素。只有牢牢把握核心要素，才能把“评析这把重锤”敲到点子上。优秀评析者复述作品内容时非常善于抓住主干。1995年6月6日，黄绍全和陈朗二人采写的报道优秀山村教师田沛发事迹的《师魂》发表在《贵州日报》第一版，被评为第六届中国新闻奖一等奖。时任新华社副总编辑张万象在评析文章中是这样抓住主干进行复述的：

> 在记者笔下，通讯的主人公、苗族山村教师田沛发，是一位极平凡而朴素的人。在贵州省松桃苗族自治县，在远离县城100多公里、至今仍不通公路的格老村，田沛发默默工作了29年，苦苦支撑着一座山村小学。没有校舍，他走村串户说服乡亲们，集资建起六间校舍；没有桌椅，

他从自己仅有的30多元工资里挤出一点钱，加上自家的树木，为学校制作桌椅、门窗：学校经费紧张，他带领学生采树种、打杉树球、置办教学设备，为学生垫付学杂费；没有人愿到山区任教，他就和大儿子商量，儿子毅然放弃每月500多元收入的工作，回乡当起每月几十元收入的代课教师；大儿子与歹徒搏斗献出了年轻的生命，悲痛中的田沛发立即让人发电报召回在广东打工的三儿子，继承哥哥的事业，三儿子因此也舍弃了每月600多元收入的工作……

这里的复述使读者不必阅读原文就了解报道对象的主要事迹，基本掌握新闻作品的主要内容。

2. 复述作品，要还原原味

能否在文字大量所建的情况下复述作品，而且将原作品固有的神韵、风格等还原出来，直接关系到读者对原作品的理解，也直接关系到评析效果。特别是在评析作品的艺术特色时，如果不能使用原汁原味的论据，评析文章的说服力必定大打折扣。《含泪笑唱〈鲁冰花〉》是辽宁经济广播电台于1996年7月6日播发的新闻性版块节目。作者王春莉通过被遗弃的女婴林雪楠的不幸遭遇，真诚讴歌了社会主义大家庭中善良人们的崇高思想道德情操，也无情鞭挞了不负责任的父母遗弃女婴的不法行为。该片作者充分调动了广播以声夺人的优势，选取了能与听众情感产生共鸣的音响，令听众“别有一番滋味在心头”。实际上，评析新闻作品时，对原作品进行还原，难度是很大的。王春莉的评析文章就做到了尽可能再现原生态。

如林雪楠知道自己是一个被亲生父母遗弃的孤儿，随时将被送到一个她不熟悉的地方，交给一个她所不认识的人，她便扑通一声跪在地上乞求最后一家养父养母，“求求你，收下我吧，我多么需要有个家呀”。作者通过林雪楠发自内心的呼唤和如泣如诉的录音，表达了一名被遗弃女孩求得生存的愿望。

林雪楠被林刚夫妇收养后，不幸又患上白血病，病榻上的林雪楠声泪俱下，“我现在才觉得我有了自己的家……这个妈妈比别的妈妈都好……我舍不得爸爸妈妈”。

几乎尽是让人心痛的声音，震撼着每位听众心灵，人们从林雪楠不幸遭遇中得到警醒：尽管林雪楠现在有了疼爱她的养父养母和一个温暖的家，但她心底的缺憾是任何养父养母的感情都无法弥补的，正如作者感叹，雪楠失去的不仅仅是爱，也许失去的是一生的机会和幸福的感觉。林雪楠的遭遇，是对她的生身父母，是对弃婴行为的违法者的最大鞭挞。作者运用林雪楠声音上的优势，既充分发挥了广播的听觉效果，也表达了作者深刻的思想内涵。

上述内容的前两段就是复述。尽管文字复述不会出现声音，但评析者高超的写作技巧使这两段复述文字产生了拟声摹状的效果，将原作的悲凄现场感、悲悯风格和深层次内涵溢于笔端，写于纸面，使读者仿佛置身于收听广播的场景之中。

3. 复述作品，要论在其中

评析者阅读新闻作品时会随之产生爱憎情绪。从这个角度来看，纯客观评述是不可能的，新闻作品评析者在复述的过程中会自觉不自觉地表露自身的看法和思想倾向性。从说服读者的角度来看，新闻作品评析者绝不会突然一股脑地把自身的观点灌输给读者，他们总是采取“随风潜入夜，润物细无声”的缓进式讲述方式表达观点。边复述边亮明观点或加以论述，就是在为最终的结局性论点做铺垫或打基础。因此，复述时加入评析自身的观点是有其必然性的。寓评论于复述之中，通常采取夹叙夹议的方法进行。这种方法就是一边复述一边画龙点睛地发表议论，甚至有时候夹在复述中的只是一个小观点。例如：

毋庸置疑，新闻价值的大小，对一篇通讯能否立起来有着举足轻重的影响。但仅有此基石还不够。深化主题的情节和揭示人物思想内涵及本质的细节描写更是不可或缺。

《种》文在这方面有着精彩之笔。为了说明国际防治荒漠化公约第八次政府间谈判会议对树林召治沙经验的重视程度，选取了如下情节："会议安排 4 位政府组织代表发言，王果香被安排在第一位。""王果香的一番话着实令在座不同国籍不同肤色的代表震惊。"他们为这位来自基层的女干部和家人坚持不懈治沙治穷的精神深表敬佩。迪亚罗高兴地握着王果香的手鼓励说："我们是老朋友。今后好好干，我还会去树林召的，一位意大利教授表示一定要到树林召看看，搞些合作项目。"为了揭示王果香治沙绿化的情愫，文中有这样的细节描写，当大会决定赠送一套计算机设备给王果香："考虑到眼下最缺乏的是资金，她提出可否换成资金形式资助乡里建立优质绒山羊基地和中小学生防治荒漠化教育试验林场。官员们看到这位有心计的中国女性，仿佛看到了防治荒漠化的新希望，当即同意捐款 2 万美元。""每天清晨，一束水灵灵的鲜花送到她的床前，王果香会摘下一片叶子夹在本子里，在她看来这是最好的纪念。"对王果香治沙绿化的历史和家庭渊源，文中的着墨，读来让人觉得颇有味道：今年 43 岁的王果香生长在树林召乡王贵村。过去那里是沙化严重，生活贫困。她从小就跟爷爷在沙窝子里打井种树，改造土地。爷爷说过："在鸣沙里种树，叶子掉下来变成肥料，土质就会改变。"老人种了一辈子树，也种下了一个绿色的梦。王果香告诉我们，爷爷给他们起名都和树联系起来，哥哥叫王国绿，姐姐叫王国梨，她叫王果香。她从小喜欢绿色，就想让家乡绿起来。

上述内容第一段是议论，可以看作总分式结构的“总”，而第二段则是“分”。分论点存在于对文章的复述之中，回答了怎样选取情节和进行细节描写，而思想性正是在边复述边点评的过程中自然流露出来的。

当然，复述中的议论不一定非得出自评析者之口，也可引用他人的评论。从某种程度上讲，以他人评论代替自身的观点更具说服力。此法也是评析者常用的方法。李春利撰写的题为《美的追求》的评析文章就是如此。

> 山东建筑工程学校34岁的青年教师、壁画家刘玉安，以他的学生为模特，和助手们一起创作了大型浮雕壁画《和平·进步·自由》。就在这幅壁画完成的时候，壁画上的模特之一，已经毕业的学生陶先勇因骨癌失去了一条腿。这对于视生命为创作源泉的刘玉安是个无情的打击。从此，他挑起了为先勇治病、护理的重担，他希望用心血重新塑造先勇那完美的生命形象……历经八个月的艰辛，陶先勇还是离开了人世，刘玉安把他的骨灰送到青岛，撒向大海，因为先勇活着的时候，一直想看看大海——这就是电视专题片《壁画后面的故事》讲述的故事。这一节目在山东电视台播出后，收到一千封来信和无数的电话。人们为之感动流泪，从心底发出赞美，一位税务工作者在信中写道：“这部电视片强烈地撞击着我的心灵，让我的思想境界得到升华。”几位电器公司职员共同写道：“我们流泪不止。深深体会到人活着的意义，使我们更加珍惜自己的时间和现在所拥有的一切。”
>
> 一部电视片能引起如此反响，不能不说是成功之作。

作者在引用一位税务工作者和几位电器公司职员的感慨之言后，加上了一句评语：“一部电视片能引起如此反响，不能不说是成功之作。”这句评语起到了画龙点睛的作用，使文章主题得以升华。

在一篇评析文章中，复述放在何处、复述放几处、复述的繁简程度如何等，要根据实际情况来定。

4. 复述作品，要恰当引用原文

原文就是论据。恰当引用原文，可以有力证明论点。原文最能体现原文作者的意蕴、风格等，读者通过阅读原文，可以进一步加深对评析文章的理解，又可以鉴定评析者的评析水平。引用原文，贵在恰到好处。原文要精选，量不必太多；质要优，要有以一当十的效果。引用原文，有明引和暗引之分。前者是明确说明是引用原文，通常对引文加引号，对所引文字不能作任何改动；后者则是在转述中不露痕迹地自然插入原作文字，使前后文衔接吻合，可以对原文作一些改动。引用原文时，评析者对两者往往是混合使用的。1995年12月20日，《陕西日报》刊发吉虹和杨前进采写的通讯《旱原情》[①]。宋静存在题为《淡朴意多最可读》的评析文章中提出，《旱原情》的成功奥秘之一是："靠生动的事例打动人。"宋静存在文中写道：

> 通讯与消息不同，它不仅需要一般性的事实，更需要具体情节的事实。通讯不能只是概括事实，必须展开事实，这正是通讯的魅力所在。譬如，讲了这样一个事例：正当这位专家的课题进入关键时期，却发现他的癌症已进入中晚期，本人却不想住院。他对身旁的同志说："只要让我活到明年7月，我就把试验田的小麦搞到400公斤。如果我死了，你们就把我埋到试验田里，在坟上插上一块牌子，写上：'李立科说，这块地小麦一亩能打400公斤，望大家努力！'"写得如见其人，如闻其声。当他做了手术回到农村以后，通讯写道：人们从四面八方拥进他的房子，围坐在他的身旁。甘井村的李桂新老汉拉着李立科的手，话还未说，眼泪就扑簌簌地流下来："李院长，你可在甘井多住些日子。"李立科眼睛湿润了，深情地说："我的命是人民给的。我的试验没有完。我要在这儿

① 吉虹，杨前进．旱原情［N］．陕西日报，1995-12-20（A01）．

长期住下去。”报道主人翁的话尽量保持原味原貌，这很有个性的语言使细节更加生动。

在上面这段文字中，明引和暗引混合使用，文字量缩减了，但呈现了通讯的语言特色，又自然引出评析者的看法。

（二）概评

在谈概评之前，我们先了解一下描述。不少研究文学评论、文学批评、文艺批评、电视批评等的书籍均有关于描述的论述。那么，什么是描述呢？接下来，笔者给出三种定义。

第一种定义为：描述主要有两种，即评论者对所评作品的体悟过程的描述和评析者在阅读作品后形成的总体印象的描述，并举例予以说明。我国著名的文艺评论家曾镇南曾经评论我国当代作家王蒙最初发表在 1982 年第 2 期《十月》杂志的小说《相见时难》，他评论王蒙在探索小说创作艺术的得失时这样写道：

说实在的，作为王蒙的一个忠实读者，在读到《相见时难》之前，我对于这部他自己寄予较大希望的作品是期待颇殷的。但在读第一遍之后，虽然也时时被王蒙那旋风般急遽而来的新颖的思想所打动，虽然也隐约感到这部作品的躯体深处埋藏着某种极其重要的东西，虽然也叹服于小说漂亮的北京人口语的种种妙趣，但是我仍然多少也有一点前述的那种轻微的怀疑。当然由此也就想起关于王蒙小说在艺术形式上的创新（或者借用一个不无贬义的词儿“花样翻新”）的前途问题。王蒙会不会过于沉溺于艺术形式的新美、怪、奇的追求呢？他是不是有些偏执于某些观念，例如“小说也可以不写人物，不写性格，只写一种情绪、一种感受”，因而陷入某种窘境呢？在一种强烈的新鲜感、兴奋感平静下来之后，不少原来喜爱，甚至偏爱王蒙的小说艺术创新的读者慢慢地对这种多少有些扑朔迷离的写法感到困惑，这是不是值得王蒙深思呢？脑子里萦回着这样一些问题，最近，我把《相见时难》又读了一遍，觉得好像比第一次读它时多品出一点味儿似的；同时，对它的弱点似乎也看得具体、清晰一些。①

笔者认为，评论者曾镇南所写的这段话是在陈述他本人的思想认知历程，介绍他本人的想法，进而把问题提出来，为进一步进行分析作铺垫，或为深入评论开好头。他在文中针对《相见时难》而提出的异议是整体性的，也是概括性的。

第二种定义为：描述主要是批评家对所评作品的感受过程的描述与观看电视节目形成总体印象的描述。例如，中国广播电视新闻奖获得者吴郁在分析电视节目主持人白岩松时这样描述：

他的语言准确、简洁、通俗、流畅，还特别注意具象与抽象的结合，故事与哲理的结合，感情与理性的结合，口语与文学语言的结合，其中的思想含量、精辟的概括、别具一格的比喻，都颇具色彩和味道，一种语言的魅力引人回味。②

笔者认为，吴郁分析电视节目主持人白岩松的这段话是评述性语言，几乎没有描述成分。她的评述着眼于整体性，同时具有概括性。可以说，这是在为深入评析作铺垫。

① 曾镇南．在中西文化碰撞夹缝中挣扎的畸形人物：论倪吾诚［J］．当代作家评论，1987（2）：16-23.

② 吴郁．听听白岩松要对我们说什么：评《面对面》中的白岩松［J］．电视研究，1997（4）：46-49.

第三种定义为：描述，又称“审美描述”，是指评论者对评论对象进行直觉性和感悟性的描写叙述。例如，张炯在关于报告文学名篇《哥德巴赫猜想》的评论文章《报告文学的新开拓——读〈哥德巴赫猜想〉》[①]一文中这样写道：

> 描写数学家陈景润的《哥德巴赫猜想》一经发表，就震动了文坛，震动了全国。人们奔走相告，争相竞读。多少年来，很少有一篇报告文学作品像它那样，在广大读者中激起如此强烈的反响，博得如此众多的赞叹，又引起如此宽泛的议论。它那既朴实又华丽的音调，既含蓄又磅礴的激情，既精雕细刻而又色彩豪放的鲜明形象，既富于哲理光辉又有浓郁诗情的深刻思考，成功地创造出报告文学的一种崭新独特的风格。

详细分析上面这种描述，其实就是论述者张炯在高度概括地评价《哥德巴赫猜想》的独特风格。这一独特风格为：朴实华丽的音调，含蓄磅礴的激情，精雕细刻而又色彩豪放的鲜明形象，富于哲理光辉而又饱含浓郁诗情的深刻思考。不难想象，这段文字是张炯的评析文章的开头，接下来肯定会进一步分层次论述独特风格的具体表现。按文章结构来看，全文是“总—分—总”结构。

就笔者看来，上述三种关于“描述”的定义均认为描述是描写和叙述的融合体，叙述中有描写，描写中有叙述。叙述、描写、议论和抒情，是一般性文章的 4 种基本表达方法，亦称表现手法。这些表达方法在不同体裁的文章中有所不同，但区别并不大。

在新闻写作领域，人们通常认为：

叙述是指作者对人物、事件和环境所做的概括性说明和交代，是一种叙述人物和事件发展变化的表达方式。叙述又分为顺叙、倒叙、插叙、平叙等。

---

① 张炯．报告文学的新开拓：读《哥德巴赫猜想》[J]．文学评论，1978（4）：33-37.

描写是指描绘和摹写，是作者用生动形象的语言，对人物事件、景物和环境所做的具体描绘和刻画。描写的基本特征是形象性。从描写程度上看，描写可分为白描、细描等；从描写对象上看，描写可分为人物描写、景物描写、肖像描写、心理描写等。

抒情就是抒发感情。记者在报道客观事实的同时，抒发和表露思想感情，表达感谢倾向或褒贬。抒情的具体方法包括借景抒情、咏物抒情、直抒胸臆等。

议论就是作者针对具体对象表达自身的看法、主张等，具体方法有归纳、引证、演绎、分析等。

在实际运用中，叙述、描写、议论和抒情这 4 种表达方法通常不是孤立存在的，也不可能截然分开，它们往往是相互融合、交叉运用的。但是，由于表现对象和写作目的不同，不同文章对它们的应用各有侧重，也就有了夹叙夹议、论说相生等交叉型表现手法。上述定义中的“描述”实际上就是描写和叙述的融合体。我们分析了几个例子，表现手法除了描写和叙述，还有抒情、议论等。

需要说明的是，无论这几种表达手法各占多少比例，落脚点都在评论上。对作品进行评论是评论者的基本出发点和最终目的。据此，笔者在本教材不用“描述”这一概念，而用“概评”这一概念。使用“概评”这一概念的另一个依据是，这类评论基本上全是对相关作品的整体性评价和概括性评价。

进一步说，概评就是评析者对评析对象进行概括性评析，就是总体评价，是“总—分—总”中的“总”。

概评的基本要求是，高屋建瓴，周全精当。高屋建瓴，就是要站得高，看得远，从广阔的范围概括作品的典型意义，而不能目光短浅，就事论事。周全精当，就是从具体事实出发进行概括，而不能失之片面，遗之分寸。掌握概评的基本要求，可以达到先声夺人的效果。

进行概评，可以运用叙述、描写、议论、抒情等表现手法。交叉运用这些手法时，可以根据实际需要，侧重运用其中一种或两种，但落脚点是要“评”。

胡广清就中央电视台[①]《东方时空》栏目[②]于1993年8月8日播出的特别节目《东方时空：百期奉献》的压轴报道《洋河污染导致大片农田绝收》撰写的评析文章《警钟一击落锤重　余音长绕味无穷》的开头，就是典型的概评。

> 《洋河污染导致大片农田绝收》一片，能摄人魂魄，催人泪下。当我看到农民张宝忠向记者讲述他农田受污染，庄稼死亡，生活无着，要流浪去的镜头，不禁热泪盈眶，视线模糊了。我相信，除了我之外，其他观众都能透过片中交代的那些被毁坏庄稼的数字，看到洋河下游一带千千万万农户作物绝收，生活无着的惨景，心灵都会受到深深的震撼。

胡广清并未具体介绍该报道的内容，只以寥寥几笔告诉读者，该报道反映了洋河污染导致下游千千万万农户的农作物绝收，有些农户甚至生活无着，要去流浪。他对该报道的总体评价是“能摄人魂魄，催人泪下”。这段概评中有胡广清本人及其他观众的感受，蕴含着浓郁的抒情成分。而从整体结构来看，这段概评是“总—分—总”中的“总”。接下来，胡广清分层次对该报道进行了具体分析。

---

① 2018年3月，为加强党对重要舆论阵地的集中建设和管理，增强广播电视媒体整体实力和竞争力，推动广播电视媒体和新兴媒体融合发展，加快国际传播能力建设，根据《深化党和国家机构改革方案》，整合中央电视台（含中国国际电视台）、中央人民广播电台和中国国际广播电台，组建中央广播电视总台。

② 1993年5月1日，中央电视台CCTV-1综合频道推出版块式杂志栏目《东方时空》，形成“纵览天下事”的《早新闻》、“浓缩人生精华”的《东方之子》、“讲述老百姓的故事”的《生活空间》、富于时代气息和民族特色的《东方时空·金曲榜》、迅速详细反映国内外热点事件的《焦点时刻》等4个子栏目构成的四大版块。其中，《焦点时刻》是《焦点访谈》的雏形。1994年4月1日，《焦点访谈》作为晚间版的《焦点时刻》在中央电视台CCTV-1综合频道正式开播。

（三）分析

分析出真理。分析是评析文章的重中之重。在一定程度上，评析文章的其他工作都是为分析服务的。当然，其他工作中也可能有分析工作，例如构思阶段的分析工作，但这种分析的内涵远远不够丰富。何况，构思阶段的分析基本上停留在思考层面，而分析工作中的分析则要落实到笔尖。

什么是分析？笔者研读了许多相关著述，表述不一。其中，笔者比较认可的定义为：分析的方式从一定的社会观念和美学理论出发，对作品进行思想解剖和艺术解剖，指出它的组成要素和构成方式，揭示它的优缺点，它究竟怎么样和为什么那样。

上述定义是针对文学评论而言的。我认为这一定义同样适用于新闻作品评析。该定义对评析者提出了三点要求：一是运用分析的方式要有理论性。这一理论就是社会相关学科的理论。从这一理论出发针对作品进行理性思考，以保证思考的正确性。二是运用分析方式要有全面性。也就是说，评析者对所要评析的作品既要分析内容，也要分析形式；既要分析优点，也要分析缺点。这种分析不是一般意义上的分析，而是思想解剖和艺术解剖。当然，有些篇幅不大的评析文章不一定会面面俱到，但评析在构思阶段必须进行全面思考，这样才能保证评析的正确性。三是运用分析方式要有深刻性。评析者要研究“它究竟怎么样和为什么是那样”，要弄清楚各种现象和事实之间的关系，所写评析文章的结构要层次分明，尤其是思想深度要层次分明。

在新闻作品评析实践中，评析者大多是按照分析方式的基本要求做的。当然，这么做，写成来的评析文章会取得好的效果。刘阳撰写的《法不容情情自融——从传播学角度解读中央电视台社会与法频道》[①] 在分析方式上就是理论性、全面性和深刻性俱全的佳作。

---

① 刘阳．法不容情情自融：从传播学角度解读中央电视台社会与法频道［J］．新闻战线，2005（9）：77-79.

在理论性上，刘阳开宗明义地写道："2004 年年底，中央电视台社会与法频道全新亮相。这个取代原有西部频道的新面孔播出仅几个月，就以对新闻事件的快速反应、独特的节目态势和深度的人文关怀精神吸引了观众注意，其较稳定的收视表现与原频道形成鲜明对比。本文试图从传播学角度切入，观照其生态环境和频道特色，挖掘法制节目颇具意味的审美内涵，探讨电视文化发展的多维空间。"这段文字的第一层意思是作者对中央电视台社会与法频道的概评，第二层意思是告诉读者是从传播学角度切入，观照生态环境和频道特色，挖掘法制节目颇具意味的审美内涵，探讨电视文化发展的多维空间。这实际上就是运用传播学理论解析中央电视台社会与法频道。作者正是这样做的，从而使全文的论述具有很强的理论性。

在全面性方面，刘阳对中央电视台社会与法频道的评析内容既讲客观条件，又讲主观原因；既讲内容，又讲形式；既讲优点，又讲缺点。例如，刘阳把该频道成功因素归纳为 4 个方面的内容：立体交叉的传播生态环境、追求精品的品牌意识、人文关怀的频道特征和环环相扣的节目构架。针对该频道"存在的问题及未来走势"，刘阳提出三点建议：加强青少年法制教育，拓宽横向与纵向报道，适度娱乐化。作者在写该评析文章时，坚持了全面性原则，不仅使全文内容充实丰富，也收到了良好的传播效果。

在深刻性方面，刘阳不仅交代了是什么，而且回答了为什么。具体来说，该评析文章在阐述中央电视台社会与法频道成功的若干要素时分析得十分透彻。例如，在分析该频道具备"立体交叉的传播生态环境"时，作者首先进行了概评："社会与法频道的开播具有深刻的时代背景原因，它一方面响应了依法治国的大政方针，是主流意识形态话语表达的需求；另一方面也是电视媒介发展到一定程度后的必然产物。"

而后，作者对该频道成功的主客观因素进行了详细分析。

第一个客观因素是，1985 年，我国正式展开全面普法工作，第六届全国人民代表大会常务委员会第十三次会议通过了《关于在公民中基本普及法律常识的决议》，要求报刊、通讯社和广播、电视、出版、文学艺术等部门把加强法制宣传教育、普及法律常识作为经常的重要任务。根据相关统计资料，截至2004年6月15日，全国共有60档法制栏目，共有8家电视台开办了法制专业频道，涌现了一大批知名栏目，如《今日说法》（中央电视台）、《案件聚焦》（上海电视台）、《法制进行时》（北京电视台）等。电视法制节目在推进我国社会主义民主法治建设的进程中发挥了积极作用。在这样的背景下，中央电视台CCTV-12的频道呼号由“中央电视台西部频道”改为“中央电视台社会与法频道”就显得顺理成章了。刘阳认为中央电视台社会与法频道成功的第二个客观因素是，中国当前正处于社会快速发展的转型期，刑事犯罪与民事冲突对大众的日常生活产生直接影响或间接影响，推行法制现代化成为主导舆论的价值追求。法制类节目以自身对社会矛盾的直接关注，对现实生活冲突性的强度反映，对涉及弱势群体与强势力量之间的权益差异和争夺的案例叙述，对社会安全和社会公正的广泛探求，等等，满足了受众的收视期待，收视率一路攀升，是继“焦点”类节目、娱乐类节目等风行电视荧屏之后又一类发展势头强劲的节目。

在主观因素方面，作者认为，中央电视台的媒体地位和经济实力是社会与法频道独一无二的媒介资源支撑。另外，社会与法频道整合各相关政府部门的支持、民众的支持和广泛的社会资源，搭建了“社会与法”领域一个集新闻资讯、影视剧、纪录片、大型电视法律服务、法律援助等于一体的平台，为观众提供了一个权威丰富的多元法制视窗。

文章结尾，作者写下简洁有力的小结：可以说，立体交叉的传播生态环境为中央电视台社会与法频道提供了深厚的生存发展土壤。

上述分析，对实质问题挖得深刻透彻，论证严密，层次分明。这不只是文章结构上层次分明，更重要的是思维深度上层次分明，把读者一步一步引向问题的本质方面。

使用对比方法进行分析，在全面性、深刻性、理论性等方面往往可以收到良好的效果。笔者曾撰写新闻评析作品《用事实说话要可信——两篇中国新闻获奖作品优劣辨析》[①]，发表在《新闻知识》杂志，在读者当中引起很大反响。

附录　原作

用事实说话要可信——两篇中国新闻获奖作品优劣辨析

新闻事实是新闻的灵魂，没有事实就没有新闻。用事实说话，是撰写新闻的基本要求。然而，常见一些作品虽然也在用事实说话，但未能把话说好，结果使读者对所说的新闻产生疑问，甚至是强烈的反面看法。消息《英文村的“战斗堡垒”垮了》(以下简称《英文村》)和新闻图片专题《一个女人和600个孩子》(以下简称《一个女人》)均在第十届中国新闻奖评选中荣获二等奖。笔者对这两篇报道进行了对比分析，撰写出的评析文章发表于《新闻知识》杂志上。现选用该评析文章部分内容谈谈怎样用事实说话才能可信。

一、要具体翔实

事实胜于雄辩。事实必须是具体翔实的，才能有坚如磐石的力量。因此作者就必须把新闻中的事实报道得明白具体。特别是人名、地点、现场、情节、数字、结果等，更不能含糊不清，若隐若现。只有这样，才能可信。反之，只能让读者雾里看花，无从捉摸，导致对事实半信半疑。《一个女人》由6幅照片组成，辩证说明了字数较多。其中一个主要毛病就是所列事实“犹抱琵琶半遮面”不具体翔实。如第1幅和第6幅的文字说明：“一位普通的妇女，丈夫长年卧病在床，一家五口人能靠她卖水果为生，20年来她几乎天天喝粥，却收留过没人要的残病婴儿不下600

---

① 宋兆宽．用事实说话要可信：两篇中国新闻获奖作品优劣辨析［J］．新闻知识，2001（4）：45-46.

名。这是广东雷州一位伟大母亲的故事，她叫劳秀玉”；“20年来劳秀玉拾到的和别人送来的病残婴儿不少于600个，可由于绝大多数是病危的婴儿，活下来的却寥寥无几”。上面文字说明中的“20年来”“不下600名”“广东雷州一位”“不少于600个”“寥寥无几”等没有一个是具体翔实的。读者不禁要问她是广东雷州哪个县、乡、村的人，600多个孩子活下来的“寥寥无几”到底是几个等。不把事实说具体，翔实、确凿，实质上是不忠实事实，不忠实读者的表现。毛泽东同志早在1925年《（政治周刊）发刊理由》中就讲：我们反攻敌人的办法，并不多用辩论，只是忠实地报告我们革命工作事实。切记，要想忠实就应当具体翔实。

《英文村》是篇批评报道。文中所列事实十分具体翔实，无懈可击。如其中一段：

今年52岁的蔡来旧1993年1月被批准为预备党员，但至今村党支部没有开会讨论她的转正。她说：“我写了三次转正申请书，但没有人理我。”像她这样入党7年而无法转正的还有3人。纪道礼、蔡光盛（党支部书记、代理书记）均说不知道这4人是预备党员。但记者在港北镇党员花名册上查到了蔡来旧等4人的名字。

由具体到真切，再到可信，就是读者对这段内容的感受。只有具体，才能使事实更具有说服力、典型性和雄辩性，才能说明问题，才能最大限度地发挥新闻事实的效益，最大限度地发挥新闻价值的作用。

二、要客观全面

新闻虽然是报道事实，但是同时又总是包含着作者对所报道的新闻事实的认识、评价等。对此。新闻作者一定要坚持辩证唯物论，对事物的观察、分析。要注意掌握事物的全貌。抓住事物的本质，切忌表面性和片面性。否则，将令读者大惑不解。

《一个女人》中说：“20年来她几乎天天喝粥”，“20年来，凡被人遗弃不要的婴儿，叫她抱回去……”，她家中“整日传出婴儿的啼哭声，地上爬的，床上拉的，让她一家人忙得不可开交”，“一个普通的村妇，丈夫长年卧病在床，一家五口人只能靠她以卖水果为生”，她丈夫“不时要开刀治病，已欠下一身债，加上收养孩子写的这些实在是让读者难以理解：带来的额外负担，整个家庭清贫如洗”……不用再罗列了。

——整日为了扶养弃婴忙得不可开交，还能以卖水果为生吗？医院里随便遗弃病婴、民政部门还将病残婴让她抱回去，这可能吗？若真存在这种事实，岂不是不符合职业道德，甚至是违法行为吗？

——她20年来拾养了600多个孩子，在当地肯定是家喻户晓、妇孺皆知了。民政部门办的儿童福利院为什么不收养呢？

——她“几乎天天喝粥”度日，家庭清贫如洗，丈夫还“不时要开刀治病”，又拾养一大堆孩子，当地政府官员怎么能对这个重点扶贫对象见贫不扶，见难不帮，反而雪上加霜呢？

读者上述疑问，从根本上讲是由该报道所起的负面作用所致，不能因为读者产生了疑问就认为其报道是假的。但讲过头话，主观片面，甚至是把个别当一般的情况大概还是存在的。由此，报道自然就不符合事物的本来面目，不能很好地反映事物的真相、透视事物的本质。我们应当切记毛泽东同志的教诲：“只有那些主观地、片面地和表面地看问题的人，跑到一个地方，不问环境的情况，不看事情的全体（事情的历史和全部现状），也不触到事情的本质（事情的性质及此一事情和其他的内部联系），自以为是地发号施令起来，这样的人是没有不跌跤子的。”

三、要说明来源

事实来源也叫消息来源。新闻写作规律要求在新闻中注意交代或暗示新闻来源，使读者既知道新闻是从哪儿来的，又能增加新闻的可信性。实践证明，消息中的事实即使是完全属实的，但不交代新闻来源也易于引起对新闻事实的怀疑。《一个女人》一文之所以令读者不信服，一个主要原因是没有事实来源。试想，村妇劳秀玉的感人事迹，如果作者能在说明中引用当地政府官员或乡里乡亲的“介绍”，无疑会大大加强其可信程度。《英文村》一文的作者就善于交代消息来源，文中所列的党支部“垮了”的重要事实不是当事人（采访对象）亲口讲的，就是文字材料记载的。如文中说：“在 1964 年入党的老党员蔡修富家里，他和党员蔡汝政、蔡日波都向读者介绍说：自 1994 年以后，党支部就没开过支部会议，我们有 6 年没有过党内生活。”这段话不仅交代了事实来源，而且还不是一个来源，有 3 个共同在场为证，这无疑是铁证如山、无法抵赖的。如果单凭记者自己去叙说，不仅可信程度低，还可能会引来一身官司。可见，事实来源本身也是重要事实。切记对于有争议的、容易引起怀疑的事实，更要注明事实来源。这既可以增强新闻的可信性，同时也利于读者对这些事实分析判断。

第四节　新闻作品评析文章的样式

新闻作品评析文章的样式是多种多样的，具有各自的功能和特点。在此，笔记重点介绍三种新闻作品评析文章的样式。

一、著作式

著作式是以书本形式对新闻作品及相关现象进行系统研究，采用这种样式可以系统全面地研究评析对象。著作式篇幅长，容量大，新闻作品评析者可以从宏观到微观，从历史的纵向分析到现实的横向联系，从不同的侧面全方位解析所要评析的对象。与其他样式的新闻作品评析成果相比，著作式相对丰厚深刻，学术价值也相对较大。例如，操慧主编的《县级融媒体优秀传播案例评析——以四川省为例》[①] 就是著作式新闻作品评析成果，内容共有三编，构成

① 操慧 . 县级融媒体优秀传播案例评析：以四川省为例［M］. 成都：四川大学出版社，2020.

体系完备、内容丰富的新闻作品评析著作。

著作式对作者的综合素质提出了很高要求：首先，作者唯有具备足够的知识储备和理论功底，才能驾驭庞大复杂的新闻现象，才能在研究创新中提出独到见解。其次，作者要掌握分析研究的方法和手段，才能全面深入地对评析对象进行研究。再次，作者要有深厚文字功底，才能把自身的观点通过著作式表达出来。

二、论文式

这里讲的论文是新闻作品评析活动中最常见的短篇论文。论文篇幅因用途、选题等不同而长短各异。如果向杂志投稿，一篇论文的字数一般不超过10 000字，有些杂志甚至明确要求字数不超过4000字或5000字。

三、简评式

简评式就是简明扼要评析文章，字数往往在1000字左右。有的甚至只是点评，运用100字左右点到为止，不展开论述。例如，第二十五届中国新闻奖二等奖作品《中国首次以国之名公祭南京大屠杀遇难者》[①]的评语就是非常简短的点评："新华社的消息《中国首次以国之名公祭南京大屠杀遇难者》，篇幅短、题材重大、内容厚实、笔力老到。描写有点有面，有说有议，有国有共，有内有外。是重大题材消息的杰作。"[②]再如，第三十二届中国新闻奖二等奖作品《遏制"超时加班"，保护劳动者身心健康》[③]的初评评语（推荐理由）是："该文记录了全国政协总工会界别委员对超时加班现象的讨论，呼吁'遏制超

① 新华社．中国首次以国之名公祭南京大屠杀遇难者［N］．海东时报，2014-12-14（A05）．

② 刘伟．第25届中国新闻奖消息、通讯获奖作品点评［EB/OL］．（2016-01-18）［2023-09-22］．http://media.people.com.cn/n1/2016/0118/c402080-28064000.html.

③ 陈晓燕，王维砚，郝赫．遏制"超时加班"，保护劳动者身心健康［N］．工人日报，2021-03-10（2）．

时加班，保护劳动者身心健康’。文章特点：一是选题好，触及千万劳动者痛点；二是生动鲜活，节奏紧凑，属于现场新闻；三是观点鲜明，突出总工会界别委员勇于为职工发声、协商的坚定立场，展现了界别特色；四是层次丰富、富有深度，除了会场内的观点呈现，还有会场之外的信息作补充。此外，表达有理有据，既肯定拼搏奉献的必要性，同时表达以法律为底线的理性，显示了正确的舆论导向。”[①]

本章作业

1. 自我训练评析文章写作的基本技巧。
2. 撰写论文式、简评式评析文章各一篇。

① 中国记协网．遏制“超时加班”，保护劳动者身心健康 // 中国新闻奖参评作品推荐表［EB/OL］.（2022-11-01）［2023-09-22］. http://www.zgjx.cn/2022-11/01/c_1310667986.htm.

第三章　报纸消息评析

消息通常被人们称为新闻。事实上，新闻有广义和狭义之分。广义的新闻是指各种新闻体裁的总称，包括消息、通讯、特写、调查报告等，狭义的新闻是指消息。我们这里所讲的消息，指的就是狭义新闻。消息是报纸、广播、电视等媒体最广泛、最常用的新闻体裁，是报纸的主角，是新闻报道数量最多、最常见的新闻形式。在此，消息评析中的消息专指纸媒上发表的消息。

第一节　评析动态消息

动态消息又叫纯新闻，是最常见的消息类型。它迅速及时报道国内外正在发生或新近发生的新闻事实，是反映新事物、新情况、新动向等的主要消息体裁。它有两种不同情形：一是对刚刚发生或新近发生的单一事件的报道，二是对较长一段时间内具有一定持续性的变动事件的报道。

动态消息鲜明集中地体现了消息的特征和优势，突出特点为短、快、新。其中，“短”是指动态新闻篇幅较小，文字简短，一般只有 300 字至 500 字，讲求用事实说话，表述直接，语言简洁。“快”是指动态新闻及时报道新近或正在发生的事实，使读者迅速了解事态现状。“新”是指动态新闻报道的是新事物、新现象、新情况等，为读者提供最新鲜的信息。

消息结构是消息的内部组合构造。从内部结构看，消息一般由标题、导语、主体、结尾等 4 部分组成。当然，并非每条消息都具备这 4 个部分，有时可以根据情况省略导语或结尾。

从外部结构形态来看，常见的消息结构有 5 种：①倒叙式。倒叙式也叫倒金字塔式，即把最重要的事实或结果放到导语中加以陈述。②顺叙式。顺叙式也叫金字塔结构或编年结构，即按照事件发生的时间顺序写，便于对事件发展的各阶段进行明晰介绍和概括描述。③悬念式。悬念式就是在开头设置疑团，使读者急于了解事件的发展和结果，然后在主体部分或结尾部分解开悬念。④视觉式。视觉式就是用形象立体的方法来写消息，以典型细节和生动画面来反映和报道新闻事实。⑤散文式。散文式的形式不拘一格，内容博而不杂，类似自由活泼的散文结构。

上述消息特点和结构是评析消息的主要内容。

以新华社记者唐卫彬、李鹏翔和胡喆为主创人员的消息《从“暂停”到“重启”：武汉解除离汉通道管控》[①]，发布时间为 2020 年 4 月 8 日，于 2021 年 11 月 7 日荣获第三十一届中国新闻奖一等奖。这条消息具有 4 个主要特点。

1. 主题重大，立意高远

经过 76 天举国拼搏，900 多万人顽强坚守，作为全国抗疫决战决胜之地，武汉的新型冠状病毒感染[②]疫情防控取得阶段性重要成效，标志着湖北保卫战和武汉保卫战进入新的阶段。这是一件重大的历史事件，具有极高的新闻价值和史料价值。这条消息兼具历史视角、全局高度和人民情怀，用精炼灵动的语言，巧妙完成宏大叙事。

---

① 唐卫彬，李鹏翔，胡喆 . 从“暂停”到“重启”：武汉解除离汉通道管控［EB/OL］.（2020-04-08）［2023-09-06］. http://www.xinhuanet.com/politics/2020-04/08/c_1125829051.htm?ivk_sa=1023197a.

② 新型冠状病毒感染，2019 新型冠状病毒感染引起的急性呼吸道传染病（COVID-19，Corona Virus Disease 2019），2022 年 12 月 26 日正式定名，此前被称为新型冠状病毒肺炎（简称新冠肺炎）。

2. 知难而上，深度采访

三位记者不顾个人安危，深入一线采访。他们在长达数月的时间里，作为新华社武汉前方报道指挥部总指挥和骨干记者，指挥或参与武汉抗疫一线报道的全过程，闯“红区”、入方舱、进社区、访病患、开会调查、个人谈话、现场察看、现场参与等一系列深度采访活动，积累了丰厚的一线素材和思想历练。

3. 理论引领，精益求精

在工作过程中，采编人员认真学习领会习近平总书记关于抗疫斗争的重要讲话精神和重要指示，多次深入研讨，谋篇布局，总结提炼。在4月8日凌晨解除离汉离鄂通道管控之际，他们深入高速路口、机场、火车站等地直击现场采访，进一步收集素材，进行补充，精心打磨，字斟句酌，打造精品。

4. 情景交融，感人肺腑

《从“暂停”到“重启”：武汉解除离汉通道管控》情景交融，感人肺腑，权威记录了武汉“解封”这一重大历史事件，充分反映了以习近平同志为核心的党中央在伟大抗疫斗争中统筹全局、果断决策，全国人民守望相助，武汉人民识大体、顾大局，以及英雄城市浴火重生的波澜壮阔。这篇消息内容凝练，信息量极大，兼具新闻性和思想性，受广泛好评，获评新华社年度精品报道和新华社社级优秀新闻作品。

本节作业

采写一则动态消息，并撰写一篇采写体会文章。

第二节　评析经验消息

经验消息是指把某一单位或部门在工作上的成功经验报道出来的消息类型。经验消息所报道的，可以是贯彻党和国家的方针政策的典型经验，也可以是某一方面工作的成功做法。

经验消息主要有三个特点：一是具有很强的新闻性。这是指某一成功经验是新近发生、发现或发布的，具有新鲜感、新近感和吸引力。二是具有很强的政策性。也就是说，经验消息推介的经验符合党和国家的路线、方针、政策等。三是具有很强的借鉴性。这是指经验消息所报道的相关经验可以供相关单位学习借鉴，具有较高的推广价值。

经验消息主要有两种类型：一是单一经验型。一篇单一经验型消息只介绍一条经验，篇幅小，中心突出。二是多条经验型。一篇多条经验型消息会同时介绍多条经验或措施，通常篇幅较大。

《人民日报》记者刘士安和谢卫群主创的经验消息《推出“好差评”，所有实名差评均已回访整改　上海“一网通办”迈向“一网好办”》[①] 获得第三十一届中国新闻奖二等奖作品。该作品获奖的因素主要有三个。

一、跟踪报道，善于总结

“一网通办”作为改革政务服务、优化营商环境的重要举措，由上海市于2018年率先推出。《人民日报》及时关注这一新生事物，曾于2018年和2019年先后两次以《上海：办事创业　一网通办——只进一扇门，最多跑一次》[②] 和《上海“一网通办”再升级：找政府办事，像网购一样便利》[③] 为题在头版头条进行报道，对“一网通办”在全国各地推广起到了促进作用。进入2020年，在各地陆续实施“一网通办”的背景下，如何进一步报道上海的经验启示？《人民日报》记者通过深度采访，敏锐抓住“好差评”这一新做法，通过

① 刘士安，谢卫群．推出“好差评”，所有实名差评均已回访整改　上海“一网通办”迈向“一网好办”［N］．人民日报，2020-04-12（1）．

② 谢卫群，励漪，沈文敏．上海：办事创业　一网通办——只进一扇门，最多跑一次［N］．人民日报，2018-08-02（1）．

③ 刘士安，谢卫群．上海“一网通办”再升级：找政府办事，像网购一样便利［N］．人民日报，2019-03-31（1）．

极具说服力的案例和数据，突出“群众评价要像网购用户评价一样管用”这一要义，提炼出了从“一网通办”迈向“一网好办”这一主题，在《人民日报》头版报眼位置刊登经验消息《推出“好差评”，所有实名差评均已回访整改 上海“一网通办”迈向“一网好办”》。上海市有关领导表示，《人民日报》连续三年在头版报道上海“一网通办”的相关经验，突出了上海政府部门的工作亮点，从“一网通办”到“一网好办”是《人民日报》总结出来的，提炼得比上海政府部门自身总结的还要好，对上海政府部门具有极大的鼓励和鞭策作用。该作品被评为《人民日报》2020年度精品。

二、写出效果，令人信服

经验消息所报道的经验必须经由实际效果检验，不写实际效果，就像纸上谈兵，难以服众。“从上线试运行至今年4月9日，上海‘一网通办’的‘好差评’系统共收到群众评价1 297 200条，其中差评4928条。所有实名差评均已回访整改。”[①] 这个数据事实充分表达效果，真实可信。

三、形象再现，展示事实

经验消息主要报道经验、做法等，很容易出现呆板僵硬、枯燥乏味等问题。要写好经验消息，不仅要出形象、出对话等，而且乘势而上展示新闻事实，用事实说话。《推出“好差评”，所有实名差评均已回访整改 上海“一网通办”迈向“一网好办”》一文的开头就是一个典型的例子。

“疫情期间，还可以增加更多的不见面服务吗？”市民在网上提出意见没几天，上海“一网通办”就作出了回应：3月9日上线13个“零跑动”“零材料”提交事项，包括新版社保卡申请及开通、个人住房公积金

① 刘士安，谢卫群．推出“好差评”，所有实名差评均已回访整改 上海“一网通办”迈向“一网好办”[N]．人民日报，2020-04-12（1）.

查询等与群众生活紧密相关的服务事宜，为市民居家抗疫和办公提供了更多的便利。

所谓新闻要用事实说话，是指通过报道和传播事实向读者或受众阐明思想和观点。新闻媒体和新闻记者传播事实，不可能没有自身的观点，即使他们在文字、画面等方面没有明显倾向性，他们在题材的取舍、应用等方面也必定有倾向性。展示新闻事实，用事实说话，既是新闻写作的基本方法，也是新闻传播的基本规律，是对新闻工作者最起码的要求。坚持并善于用事实说话，就是对新闻传播规律的遵循。唯有如此，新闻工作者才能真正做到切实提高党的新闻舆论传播力、引导力、影响力和公信力。

本节作业

采写一则经验消息，并撰写一篇采写体会文章。

第三节　评析人物消息

人物消息是以消息形式报道新闻人物，反映某个特定人物的事迹和行为的新闻体裁。在选材上，人物消息通常抓取现实生活中特定人物活动的一两个场面，运用一两个镜头，充分展示他们生活的横切面，描述细腻，感染力强。在结构上，人物消息既不同于一般新闻，也不同于一般人物通讯，而是取二者之长，常常用概括性导语开头，点出部分事实要点；或从生动的情节、场面、引语等入笔，但不透露太多具体细节，而把真正重要而精彩的部分放在后面，使读者看完全篇后产生一种满足感。在角度上，人物消息通常选取特定的角度，花费大量笔墨描述某个局部特征，从侧面对特定人物加以报道。人物消息是一种重要的应用文体，也是应用写作学科研究的重要文体之一。

三秦都市报社旗下的“秦闻”客户端发布的网络新闻作品《姐弟俩放下

35 张钱共 300 元　留下一封信转身离开，“武汉只是生病了……”》[1]就是典型的人物消息。该作品获得第三十一届中国新闻奖三等奖，具有四个主要特点。

一、强烈的新闻敏感

新闻敏感是指新闻工作者迅速准确地识别具有新闻价值的事实的能力。新闻敏感是新闻工作者必须具备的基本素质之一，是新闻工作者在长期从事新闻实践活动中练就的能力和积累的经验，是一种新闻职业敏感性，是一种顿悟式思维活动，是新闻工作者的政治水平、理论水平和业务能力的综合表现。新闻敏感的强弱和新闻采访报道的成败密切相关。在《姐弟俩放下 35 张钱共 300 元　留下一封信转身离开，“武汉只是生病了……”》这一人物消息中，新闻敏感不仅表现在记者身上，更重要的是表现在汪警官和陕西公益大使温西顺身上。“温西顺赶到派出所，了解了相关情况后，被孩子的爱心打动，他当场联系与三秦都市报全媒体联合开展‘抗击疫情 希望同行’公益募捐活动的省青基会理事长乌钢，转交了这笔捐助，满足了孩子的心愿。”[2]

二、重大的新闻主题

两个孩子的一个小小善举，彰显了新冠病毒疫情时期“民族团结一家亲，守望相助见真情”这一主题，记者敏锐地捕捉到这个新闻点，积极联系陕西省青少年发展基金会（简称陕西省青基会）转交捐款完成两个孩子心愿的同时，着手采访工作并快速发稿。战疫情小爱汇成大爱，疫病无情人有情。人物报道《姐弟俩放下 35 张钱共 300 元　留下一封信转身离开，“武汉只是生病

① 姬娜，张嘉怡．姐弟俩放下 35 张钱共 300 元　留下一封信转身离开，“武汉只是生病了……”［EB/OL］．（2020-02-08）［2023-09-18］．https://qinwen.sanqin.com/app/amucsite//pad/index.html#/detail/8431116?site=2.

② 姬娜，张嘉怡．姐弟俩放下 35 张钱共 300 元　留下一封信转身离开，“武汉只是生病了……”［EB/OL］．（2020-02-08）［2023-09-25］．https://qinwen.sanqin.com/app/amucsite//pad/index.html#/detail/8431116?site=2.

了……"》通过《三秦都市报》的"秦闻"客户端发表后，在全国范围引发强烈反响：一对姐弟给武汉的一封信"火"了，包括中央广播电视总台 CCTV-13 新闻频道的《新闻直播间》栏目、凤凰网和《中国民族报》在内的全国几十家媒体，先后对该人物报道进行转发或者对该新闻事件进行跟进报道。该人物报道参评第三十一届中国新闻奖后，初评专家给出的评语是："该文字消息报道了 13 岁姐姐和 10 岁弟弟为武汉抗疫捐款的事件，以小见大，反映了新冠疫情期间，全国人民上下同心全力抗疫的精神，体现了社会主义制度的优越性。稚嫩的童言童语格外真实动人，作品用侧写方式，把有零有整的捐款故事表达得有悬念，有张力，以情感为线索，把举国大爱表现得淋漓尽致。"①

三、感人的语言表述

网络语言是伴随着网络发展而新兴的一种有别于传统平面媒介语言的语言形式。它以简洁生动的形式，一经诞生就得到了广大网友的偏爱，发展神速。在全民抗击新冠病毒疫情的大背景下，网络新闻作品《姐弟俩放下 35 张钱共 300 元　留下一封信转身离开，"武汉只是生病了……"》以小见大，通过姐弟俩的善举及其一封短短的信件，体现了中华民族团结一家亲、守望相助见真情的真挚情感。这篇人物通讯语言有完整的新闻要素，文字简明扼要，表述准确，逻辑清晰，朴实动人。

四、良好的传播效果

《姐弟俩放下 35 张钱共 300 元　留下一封信转身离开，"武汉只是生病了……"》发表后，很快就获得很高的阅读量和点赞量。随后，记者根据各全媒体平台的不同性质，有针对性地制作了不同的稿件文本并加以分发。2 月 10

① 中国记协网．姐弟俩放下 35 张钱共 300 元　留下一封信转身离开，"武汉只是生病了……"// 中国新闻奖参评作品推荐表［EB/OL］.（2021-10-28）［2023-09-25］. http://www.zgjx.cn/2021-10/28/ c_1310252006. htm.

日，《三秦都市报》第八版头条刊发题为《姐弟俩送来积攒的 300 元钱　“我们想尽自己的绵薄之力”》的报道。《三秦都市报》官方微博对该稿件配以文字和全媒体封面海报《抗击疫情　希望同行》发布，阅读量超过 10 万人次。该网络新闻作品通过多平台呈现后，两个孩子的善举感动了许多人，更多人加入助力武汉的爱心队伍，爱心接力就这样拉开序幕。最终，他们捐献的善款通过“抗击疫情，希望同行——陕西希望工程特别行动”公益募捐活动转捐给湖北。其间，《三秦都市报》旗下的公益记者微信公众号“秦人矩阵”以这对姐弟的故事点题，并发布爱心榜单。“抗击疫情，希望同行——陕西希望工程特别行动”公益募捐活动很快收到捐款超过 379 万元，抗疫物资价值超过 300 万元，全国数万人参与，专家学者为此发表评论员文章《疫情面前，纯善之心必胜》[①]。

本节作业

采写一篇人物消息，并撰写一篇采写体会文章。

第四节　评析综合消息

综合消息，报道的不是发生于一时一地的具体事件，而是对较长时间内或较大空间范围内的某一重要问题或某一方面工作的综合性报道。综合消息报道容量大，比较有声势，可能会对实际工作和读者产生较大影响。综合消息有材料，有观点，有分析，有综合，材料和观点统一，分析和综合相辅相成。新闻工作者在进行综合消息报道时，要做到材料扎实，观点鲜明，分析透彻，综合抓住本质。只有这样，综合消息才有说服力。新闻工作者采写综合消息时，

① 杨丽娟．疫情面前，纯善之心必胜［EB/OL］．（2020-02-14）［2023-09-26］．https://hlj.rednet.cn/content/2020/02/14/6724945.html.

既要综观全局，又要利用典型事例，写出层次和深度。

综合消息和动态消息既有相似之处，也有不同之处。新闻工作者如果不加区分地对待二者，就很容易把综合消息写成动态消息，降低传播效果。

首先，综合消息报道的是一个时期内发生在某一地区或某一系统的具有全局性的新情况、新动向、新成就、新问题等，是多个单位发生的具有共同性质的多个新闻事实的总和。动态消息，一事一报，新闻涉及的范围多是一个局部、一个单位或一个点。

其次，综合消息也用事实说话，但必须在叙述事实的基础上，从众多新闻事实中概括提炼一个共同的主题，点化于标题或导语，抑或置之于主体文字。综合消息报道面宽，声势大，给人以总体印象。

再次，综合性消息取材广泛，报道面广，声势较大，不仅反映新闻事实本身，还具有拓展性，进而反映新闻事实的总体状况、发展趋势等。

最后，综合消息可能对实际工作和读者产生较大影响。采写综合消息要综观全局，兼顾层次和深度。动态消息通常直接叙述，只是单一传递实际发生的信息，对受众没有太大影响。

2020 年 7 月 3 日，中国新闻社（简称中新社）在官方网站中国新闻网（简称中新网）发布的综合消息《北京警方通报 4 起涉疫典型案例　中国拟逐步取消活禽市场交易》[①] 是一则备受好评的综合消息。这则综合消息具有三个典型的突出特点。

首先，主题重大。北京警方通报 4 起涉疫典型案例，中国拟逐步取消活禽市场交易，这件新闻事实人命关天，急不可待，中国新闻网迅即发布。

其次，选材典型。要力求选取最能表现中心的材料，果断舍弃与中心无关的材料，才能有力地突出中心。要选用最有代表性、最能反映事物本质的材

① 张燕玲 . 北京警方通报 4 起涉疫典型案例　中国拟逐步取消活禽市场交易［EB/OL］.（2020-07-03）［2023-09-28］. https://www.chinanews.com/sh/2020/07-03/9229015.shtml.

料，也就是人们常说的典型材料，这样的材料最有说服力和表现力。要写新颖生动的，不写陈腐呆板的。要写具体的，不写空洞的。该作品材料选择具有代表性、典型性，收到以一当十的效果。

再次，结构精练。该消息 1600 字，却划分成十几个段落，既信息量大，又便于阅读。实际上，这就是消息写作的跳笔手法，即：记者在写稿时，不必过分注意文字上的连贯和上下文的衔接，在句子与句子之间、段落与段落之间具有较大的跨越，把不太重要的情节、片段和段落省略掉，简练概括地勾勒出新闻事件，从而达到特定的艺术效果。跳笔手法的特点之一就是文体结构上多段落，主张“跳”，在句子与句子之间、段落与段落之间可以有较大的跳跃，甚至必须有较大的跳跃。

本节作业

采写一篇综合消息，并撰写一篇采写体会文章。

第五节 评析述评消息

述评消息是一种夹叙夹议的消息类型，介于新闻和评论之间，既报道新闻事实，又在报道中对新闻事实的性质、特点、发展情况等进行分析、解释、评价等。述评消息的议论主体可以是记者，也可以是新闻事实的相关人物，还可以是专家、学者等。

述评消息的内容，可以是政治、经济、军事、科技、文化、教育等方面的形势和动态，可以是某一阶段工作的经验、情况或问题，可以是社会上出现的具有代表性或倾向性的思潮，还可以是发展趋势错综复杂的重大事件。

形势述评是对国内外政治、经济、军事、外交等方面的形势进行述评的消息。它的特点是视界广阔，气魄宏大，既着眼于目前，又有一定的前瞻性和预见性。形势述评的写作目的是帮助读者对大众普遍关心的重要领域的最新动态和发展前景产生准确全面的认知。

工作述评是对某一行业或某一部门的主要工作现状进行述评的消息。它针对工作中出现的新情况、新问题等，进行深入分析研究，提出新的意见和建议，以帮助有关单位发现问题、制定策略、采取措施等，促进相关工作顺利开展。

思想述评是对当前具有倾向性的思想状态进行述评的消息。一个特定时期内往往会有一种具有普遍性的思想倾向，影响人们的行为，昭示某种动向。或许，这种思想倾向是积极的，应该加以肯定；或许，这种思想倾向背后隐藏着不易发现的消极因素，任其发展可能造成危害。这时，新闻工作者就有义务以事实为依据，对这一思想倾向进行深入分析研究，帮助读者明辨是非，防患于未然。

事件述评是针对新闻事件本身及其性质、特点、意义等进行述评的消息。新闻事件发生后，新闻工作者如果觉得客观报道事件的发生过程和前因后果无法让读者清楚地认识事件的真正本质，就写出一则事件述评，报道事实的同时，指出事件的性质、特点和意义。这样写出来的消息，就是事件述评。《中国纪检监察报》于 2020 年 1 月 19 日刊发的《查处形式主义官僚主义问题数据首次公布》① 就是一则事件评述。该作品获得第三十一届中国新闻奖三等奖，具有三个突出特点。

首先，及时抓住问题敲响警钟。记者毛翔通过采访中央纪委国家监委党风政风监督室相关负责人，总结梳理了相关统计指标的两个显著变化，并面向全社会首发：首次公开发布查处形式主义、官僚主义问题数据；对查处享乐主义、奢靡之风问题的数据统计指标进行了优化调整，及时回应了人民群众关注的热点问题，也及时向广大党员干部敲响警钟。

其次，运用先叙后议挖掘深度。新闻述评的表达模式实际上就是记叙文

① 毛翔．查处形式主义官僚主义问题数据首次公布［N］．中国纪检监察报，2020-01-19（1）．

的叙议结合法。叙是议的基础，议是叙的深化。换一种说法，叙是铺陈，议是点染。一般说来，议的文字不宜太长，用语应凝练精辟，议要看准当口，掌握火候，恰到好处。叙述和议论交互穿插的表现方法，也可以称为叙述性议论。这种方法又分为先叙后议和先议后叙两种模式。而《查处形式主义官僚主义问题数据首次公布》采用的是先叙后议模式，议论放在最后一段："各级纪检监察机关要充分发挥数据统计指标体系'指挥棒''风向标'重要作用，全面落实实事求是、依规依纪、精准处置的工作要求，坚持稳中求进总基调，保持工作定力，从讲政治的高度整治形式主义、官僚主义，紧盯薄弱环节严查享乐、奢靡问题，驰而不息纠治'四风'，为党和国家事业发展提供作风保障。"这句话的作用是总结全文、深化主题、画龙点睛、启迪思维等。诚如古人所言："立片言而居要，乃一篇之警策。"①这正是对"议"最好诠释。

再次，运用全媒体平台传播增强效果。《中国纪检监察报》借助新成立的中央纪委国家监委新闻传播中心②，在报纸、网站、客户端、微信公众号等全媒体平台刊发《查处形式主义官僚主义问题数据首次公布》，其中微信端的点击量迅速突破 10 万人次，并被各主流媒体转载。中央纪委国家监委网站同步刊发记者毛翔采写的《八项规定月报数据解读丨发挥指挥棒作用　推动精准纠治"四风"》③，进行深度解读式报道，拓展了报道深度。中央纪委国家监委网站发布消息和深度解读文章后，各大新闻网站和各级纪委监委网站纷纷转载，

① 这句话出自西晋陆机所作文艺理论作品《文赋》，意思是一篇文章应有一句或几句话作为中心思想。

② 2020 年 1 月，中央纪委国家监委新闻传播中心成立。这是中央纪委国家监委机构改革的组成部分，有利于深化中央纪委国家监委宣传工作体制机制创新，推动信息内容、技术应用、平台终端、管理手段等的资源整合和共融互通，建立报网一体运行的工作体制，推动形成报、网、端、微等多媒体融合发展格局，进一步壮大纪检监察舆论阵地，健全纪检监察宣传工作格局。

③ 毛翔 . 八项规定月报数据解读丨发挥指挥棒作用　推动精准纠治"四风"［N］. 中国纪检监察报，2020-01-19（1）.

形成梯次传播效应。“中央纪委国家监委网站”客户端推出系列图文报道，对之前查处的违反中央八项规定精神，特别是形式主义、官僚主义的典型问题进行“画像”，持续向广大党员干部敲响警钟。

本节作业

采写一篇述评消息，并撰写一篇采写体会文章。

第四章　人物通讯评析

人物通讯是以写人物的事迹和思想为主的通讯，里面一般有一个或几个中心人物。报道群体形象的人物通讯往往突出几个典型人物。人物通讯既有系统报道某个人物的先进事迹的长篇通讯，也有表现某个人物的典型事迹的人物素描、人物特写、通讯小故事等。

人物通讯中的人物大致有 4 种类型：一是各行各业的英雄模范人物，二是人们普遍关心的社会名流，三是在平凡的生活和工作中体现某种人生价值或者为人民做出贡献的普通人，四是某些对社会有警示作用的反面人物。

人物通讯有三种类型：①传记式。传记式人物通讯的特征是较完整地写出人物一生的主要事迹，篇幅较长，内容丰富。②特写式。特写式人物通讯侧重于写人物的一时一事，或某一侧面。特写式人物通讯比一般的特写涉及范围要大得多，但属于聚焦一件事或一个侧面的写法。真正写一时一事的人物通讯，也很常见。③群像式。群像式人物通讯的特点是报道对象不止一个，而是一个集体的若干人或同一时空范围的几个同类人。

第一节　评析《大山深处走出最美“古丽”》

获得中国新闻奖一等奖的人物通讯实不多见。而第三十一届中国新闻奖一等奖《大山深处走出最美“古丽”》[1]就是其中之一。这篇人物通讯获得这一奖项的奥秘主要有三点。

一、展示党的治疆方略，主题重大

在以美国为首的西方反华势力污蔑中国新疆“强迫劳动”的背景下，《新疆日报》及时推出《大山深处走出最美“古丽”》，成为有力打向美西方反华势力的一记耳光。该作品通过帕夏古丽·克热木的典型事迹，充分展现在新时代党的治疆方略指引下，南疆大地发生的巨大变化和少数民族群众思想深处发生的深刻变化。一段时期以来，南疆受宗教极端思想蛊惑颇深，女性不能抛头露面，更别说出去工作了。帕夏古丽·克热木的家乡乌恰县北部为南天山山脉，南部为帕米尔高原，东南部为喀什噶尔三角洲，北部及西北部与吉尔吉斯斯坦接壤，偏远闭塞。她来到我国开放前沿阵地广东省东莞市工作生活，这种强烈反差意味着她要付出常人难以想象的努力。帕夏古丽·克热木不但勇敢走出去，还走出了一片天地。她不但通过奋斗改变自身的命运，还在 14 年间先后组织家乡 1300 余人外出务工，帮助家乡 279 户建档立卡贫困户实现脱贫。该作品不仅引起社会各界对帕夏古丽·克热木这一脱贫攻坚典型人物的关注，也引起人们对新疆这片热土发生的深刻变化的关注，包括南疆群众思想面貌和精神状态的巨变。帕夏古丽·克热木获得国家颁发的“最美职工”称号，这是对诚实劳动者的最高褒奖，有力驳斥了以美国为首的西方反华势力所谓新疆存在“大规模强迫劳动现象”等污蔑言论。

二、展示古丽创业经历，事迹感人

细节是指人物、景物、事件等表现对象的富有特色的细小环节。它是构成小说、记叙文等的基本单位。没有细节，就没有艺术。同样，没有细节描

① 李杨，梁立华．大山深处走出最美“古丽”［N］．新疆日报，2020-12-11（1）．

写，就没有血有肉的人物形象。细节描写是指抓住生活中细微而又具体的典型情节，生动细致地加以描绘，渗透在对人物、景物或场面的描写之中。成功的细节描写会让读者印象深刻，增强文章的可读性。

编好马尾辫，交叉盘绕，再别上发卡、喷上发胶，漂亮的新娘盘发就完成了。“做得不错，很快就能出师了！”师傅李亮夸道。

布帕提玛已经在这里当了一个多月学徒，4000元的学费，相当于一个月的工资，可她却不心疼：“能学到真本事就行。”

酒红色的短发，亮晶晶的美甲，微笑时露出8颗牙，眼前的布帕提玛，和过去那个穿着土气、一说话就脸红的姑娘，判若两人。“这家伙，能折腾！”帕夏古丽打趣道。

《大山深处走出最美“古丽”》中的细节描写绘声绘色，不仅艺术特色鲜明，而且深化主题给力，令读者回味悠长，印象深刻。

三、展示崇尚英模氛围，影响深远

2018年5月4日，《人民日报》刊发评论员文章《人民论坛：崇尚英雄才会诞生英雄》[①]，文中提道：“《旧唐书》里说得好，‘但立直标，终无曲影’。崇尚英雄才会诞生英雄，争做英雄才会英雄辈出。党的十八大以来，从各种形式纪念英烈、表彰先进、慰问英模，到健全党和国家功勋荣誉表彰制度，尊崇英雄、褒奖英模已成为一项国家大事。”而《大山深处走出最美“古丽”》恰恰充分展示了崇尚帕夏古丽·克热木这一书写不平凡人生的平凡英雄的社会氛围。

11月27日晚，广州白云机场。

---

① 李斌．人民论坛：崇尚英雄才会诞生英雄［N］．人民日报，2018-05-04（4）．

帕夏古丽·克热木走出大厅，工友哈力切·孜亚等五六个姑娘捧着大束的百合、玫瑰迎上来。“古丽姐，我们在电视上看见你了，真漂亮！”哈力切说，你现在是大家心中的“爱豆”（偶像）！

…………

11月24日，全国“最美职工”发布仪式在北京举行，包括帕夏古丽在内全国共有10人获“最美职工”殊荣。领奖台上，帕夏古丽身着柯尔克孜族传统民族服饰，笑靥如花，头饰上的白色羽毛，就像慕士塔格峰的皑皑白雪。

上述两个场景描写将帕夏古丽·克热木的工友和国家对帕夏古丽·克热木的敬佩崇尚之情表现得淋漓尽致，昭示实现中华民族伟大复兴的关键一程更加迫切呼唤群英荟萃，更加需要激荡雄风浩气。该文进一步引导人们认识到，没有革命英雄主义成就不了英雄人物，没有英雄气质塑造不出英雄国家。英雄，是鲜活的价值观，是无比珍贵的精神富矿。礼赞英雄，学习英雄，高举英雄传递过来的火把，新时代的英雄史诗后继有人，无比壮丽。人无精神则不立，国无精神则不强。精神力量是无穷的。精神上立得住、站得稳，就能从容应对困难和挑战，凝心聚力，干出一番大事业。

《大山深处走出最美“古丽”》一文经由人民日报社的报、网、端、微等渠道呈现后，迅速形成良好传播效果，国内主流媒体门户网站纷纷转载，引发各民族干部群众的热烈反响。有些人认为，帕夏古丽·克热木的故事是新时代党的治疆方略在新疆成功实践的生动案例。有些基层干部把帕夏古丽·克热木通过奋斗改变命运的故事当成最好的教材，鼓励和引导贫困群众通过自身努力摆脱贫困。

本节作业

1. 采写一篇单人式人物通讯，并撰写一篇采写体会文章。

2. 交流讨论各自的采写体会。

第二节　评析《山远天高长相忆》

2021年8月8日，《解放军报》刊发纪念为捍卫国家主权和领土完整而献出宝贵生命的陈红军的回忆录《山远天高长相忆》[①]。该文作者是陈红军的妻子肖嵌文，他的战友李荣荣和马腾飞参与整理，编辑是王志平和李诗鹤。2022年11月8日，该文荣获第三十二届中国新闻奖二等奖。

一、忆往情深出佳作

顾名思义，回忆录就是作者将自身记忆中有意义的人或事记录下来。真情实感写真情是撰写回忆录的首要条件。肖嵌文回忆了她和陈红军在一起的美好幸福点滴，这位铁骨铮铮的汉子，也是一位满怀柔情的丈夫，许多细节第一次向读者展现，真实生动，感人至深。

> 不久后的一个晚上，我胃有点不舒服，手机里跟他没说几句话就休息了。迷迷糊糊中，红军打来电话说，他已经到我单位门口，让我出去取药。我的单位在离县城十几公里的一个小镇上。我半信半疑去门口取药，没想到红军高大的身影真的出现在我眼前。红军也太雷厉风行了！他一边把药递给我，一边嘱咐我赶快回宿舍把药吃了，而且非要看着我返回他才走。我哪里舍得快走，三步一回头，嘴上“撵”他快回去，但心早已融化在他关爱的目光里。

“感人心者，莫先乎情，莫始乎言，莫切乎声，莫深乎义。”此话出自唐

① 肖嵌文. 山远天高长相忆［N］. 解放军报，2021-08-08（5）.

代诗人白居易的《与元九书》，大意是：打动人心的事物，没有超过情感的，没有不是从语言开始的，没有比声音更切合的，没有比道理更深入的。上面这段文字有情节，更有细节，还有心理描写，将陈红军对妻子的深情厚谊表现得淋漓尽致。“真情出佳作”在这里得以深刻体现。

二、形象生动塑英雄

人物形象指的是人的外貌、形态、穿着等，以及人的道德品格和精神面貌。人物性格主要通过动作、语言等体现出来，具体的性格特征包括认真、仔细、温和、急躁等。人物形象包括正面形象、反面形象、侧面形象、细节形象等。形象特征是指某一人物和其他人物不同的独有特征，即人物的形体、神态、体态、相貌等。

《山远天高长相忆》抓住了陈红军的形象特征，描绘他外貌和神态，先分析他的外在特征，然后在特定环境分析他的情感，形象生动塑造他的英雄形象。下面引文表现了作者抓住人物形象特征深刻表现英雄，虽然篇幅不长，但是抓住了人物形象特征：抓住人物言语内容，领悟其心；抓住人物语言，联系上下文，由表及里，辨析领悟人物思想情感；抓住人物行为特点，品析其神；抓住描写动作的关键词句，理解表层意思，分析深层含义，品悟人物的精神风貌。

> 2014年12月20日晚，我和红军初次相见。我站在路灯下，看着红军一身军装、一双黑色皮鞋，步伐坚定地朝我走来。简单自我介绍后，我们便漫步在县城冬夜的马路上。交谈中，才得知我们毕业于同一所大学，我俩惊讶地看向彼此，腼腆地笑了。母校的点点滴滴，丰富了我们的话题，拉近了我们的距离。红军明亮的眼睛、憨厚的笑容，让我忽然觉得，我们或许曾在校园里擦肩而过。

三、第一人称情意真

第一人称叙述的好处是使文章更具真实性，使文章具有故事性（曲折性或波折性），使文章更生动形象，使读者更具体地体会作者心情，带有亲切感。第一人称适用于主观心理描写，代入感强烈，易于抒情。第一人称的叙述角度，写的是“我”的眼中事、心中事等，充分展现“我”的内心世界，更具真实感。《山远天高长相忆》运用第一人称，将主人翁的真情实感展现得淋漓尽致，情真意切，极具感染力和可读性。

四、广泛传播结硕果

《山远天高长相忆》经由《解放军报》刊发后，光明网等媒体在多种平台转发，在官兵和群众中引起广泛关注。读者在这些平台的留言区里留下许多感人的心语：“读到一半已是热泪盈眶。”“千里边关，英雄遍地，陈红军烈士就是千千万万戍边英雄的代表。”“英雄有大爱，军属有担当，我们永远不会忘记他们。”

该作品参选的中国新闻奖的初评评语（推荐理由）为：“《山远天高长相忆》写得真实感人，鲜活生动，文章充分彰显了军人铁骨铮铮、卫国戍边的高大形象。许多细节描写感人至深，体现了军人捍卫国家主权和领土完整的牺牲精神和崇高气节，也从侧面展现了一名边防军人的坚忍顽强和对军人职业的热爱。”[①]

英雄从未走远，英雄精神薪火相传。气温低至零下 30 多摄氏度的高原上，一个个年轻的胸膛里热血澎湃。

---

① 中国记协网 . 山远天高长相忆 // 中国新闻奖参评作品推荐表［EB/OL］.（2022-11-01）［2023-10-02］. http://www.zgjx.cn/2022-11/01/c_1310667744.htm.

第三节　评析《英雄屹立喀喇昆仑——走近新时代卫国戍边的英雄官兵》

2021 年 2 月 19 日，《解放军报》刊发长篇通讯《英雄屹立喀喇昆仑——走近新时代卫国戍边的英雄官兵》[①]。2022 年 11 月 8 日，该作品荣获第三十二届中国新闻奖一等奖。该作品获奖的主要因素有 6 个。

一、选题重大，凸显正义

在 2020 年 6 月 15 日爆发的中印加勒万河谷冲突事件中，中国涌现了以祁发宝、陈红军、陈祥榕、肖思远、王焯冉等先进典型为代表的新时代卫国戍边英雄群体。其中，烈士陈祥榕生前写下的战斗口号“清澈的爱，只为中国”，成为当代中国青年发自内心的最强音。中国边防的作用和意义是，保卫国家领土完整，维护国家安全和稳定。《英雄屹立喀喇昆仑——走近新时代卫国戍边的英雄官兵》浓墨重彩地讴歌了新时代卫国戍边英雄群体，意义重大，影响深远。

二、深入采访，情动于中

战地记者王天益前往一线，与高原官兵一起在斗争态势复杂、高寒缺氧等艰难环境中同吃同住，执行任务，持续采访他们三个多月，掌握了大量关于边防斗争的第一手真实感人素材，含泪写成初稿后，反复打磨，数次易稿。

2020 年 6 月，外军公然违背与我方达成的共识，越线搭设帐篷。按照处理边境事件的惯例和双方之前达成的约定，团长祁发宝本着谈判解

① 王天益．英雄屹立喀喇昆仑：走近新时代卫国戍边的英雄官兵［N］．解放军报，2021-02-19（1）．

决问题的诚意，仅带几名官兵，蹚过齐腰深的河水前出交涉。

交涉过程中，对方无视我方诚意，早有预谋地潜藏、调动大量兵力，企图凭借人多势众迫使我方退让。

“他们的人陆续从山崖后冒出来，黑压压挤满了河滩……”参谋陈鸿宇回忆说，“我们人虽少，可拼了命也不能退呀！”

祁发宝张开双臂挡在外军面前，大声呵斥：“你们破坏共识，要承担一切后果！”同时组织官兵占据有利地形。

官兵们组成战斗队形，与数倍于己的外军对峙。对方用钢管、棍棒、石块发起攻击。祁发宝成为重点攻击目标，头部遭到重创。

见此情景，陈红军带人立即突入重围营救团长，陈祥榕作为盾牌手战斗在最前面，摄像取证的肖思远也冲到前沿投入战斗。

增援队伍及时赶到，一举将来犯者击溃驱离，取得重大胜利，外军溃不成军、抱头逃窜，丢下大量越线和伤亡人员，付出了惨重代价。

军医韩子伟记得，祁发宝被救出后，左前额骨破裂，有一道十几厘米长的口子。包扎伤口时，“他一把扯掉头上的绷带，还想起身往前冲，那是他最后一丝力气，随后又晕倒了”。

陈红军、陈祥榕、肖思远毫不畏惧、英勇战斗，直至壮烈牺牲。王焯冉在渡河前出支援途中，为救助战友牺牲。

祖国山河终无恙，守边护边志更坚。

那场战斗后，“宁将鲜血流尽，不失国土一寸”被很多官兵自发写在了头盔里、衣服上，刻印在青春的胸膛里。

新闻采访作为全部新闻工作的基础和前提，是每个新闻工作者必须掌握的基本功，是新闻记者为了写作新闻报道，从相关客观事实中进行采集进而分析出对受众具有知悉意义信息的一种调查研究活动。上面引文是《英雄屹立喀喇昆仑——走近新时代卫国戍边的英雄官兵》的 11 个自然段的内容，有情节，有细节，有环境，有人物，有描写，有议论，而这些全部源自记者深入细致的采访活动。

三、散文笔法，形散神聚

散文，是指与小说、诗歌和戏剧并列的一种文学体裁，但它又有广义和狭义之分。广义上的散文，是指诗歌、小说和戏剧以外的所有具有文学性的散行文章。除了以议论抒情为主的散文，广义上的散文还包括通讯、报告文学、随笔杂文、回忆录、传记等。随着写作学科不断发展，许多文体自立门户，散文的范围日益缩小。狭义的散文是指文艺性散文，这是一种以记叙或抒情为主，取材广泛、笔法灵活、篇幅短小、情文并茂的文学样式。散文具有记叙、议论和抒情三种功能。与之相应，散文可分为记叙性散文、抒情性散文和议论性散文。

《英雄屹立喀喇昆仑——走近新时代卫国戍边的英雄官兵》运用散文笔法，形散神聚，彰显主题。下面引文的第二段，议论铿锵有力，起到了画龙点睛的作用。

> 他们赶到前沿后与对手殊死搏斗，坚决逼退越线人员。陈祥榕在日记中自豪地写道："面对人数远远多于我方的外军，我们不但没有任何一个人退缩，还顶着石头攻击，将他们赶了出去。"
>
> 诚既勇兮又以武，终刚强兮不可凌。面对严峻斗争考验，一线官兵越是艰险越向前，生死关头更凛然。

夹叙夹议既是一种写作方法，又是一项基本写作技能。夹叙夹议不是一味地记叙，也不是单纯地议论，而是记叙中有议论，议论中有记叙，于具体叙述和形象描写中穿插议论。叙是议的基础，议是叙的升华或深化，两者有机结合，水乳交融，使文章内蕴丰富，从而揭示文章主题，瓜熟蒂落，水到渠成。

四、前题后议，响鼓重锤

《英雄屹立喀喇昆仑——走近新时代卫国戍边的英雄官兵》的开篇是题记：

【题记】

我站立的地方是中国

我用生命捍卫守候

哪怕风似刀来山如铁

祖国山河一寸不能丢

——高原边防官兵喜爱的一首歌

喀喇昆仑高原，横亘西部边境。

“题记”的意思是文章开头用一两句话点明题意。《英雄屹立喀喇昆仑——走近新时代卫国戍边的英雄官兵》的题记以“高原边防官兵喜爱的一首歌”作为点题之笔，不仅使文章中心突出、主题鲜明，而且给读者留下深刻印象，一目了然，增强文章的吸引力。

《解放军报》还专门在《英雄屹立喀喇昆仑——走近新时代卫国戍边的英雄官兵》这篇文章的正下方配发了评论员文章《唱响英雄壮歌　奋力强军打赢》[①]，进一步突出该报道的中心思想，强调该报道的重大意义，彰显报道价值，增强传播效果。

通常情况下，配发式评论具有三大作用：首先，表示强调。突出报道思想，强调报道意义，彰显报道价值，增强传播效果。其次，补充说明。添加相关背景，深化报道思想，弥补报道不足，延伸报道视野。再次，平衡舆论。调整立论角度，调节舆论温度，平衡社会心态，避免传播误区。《解放军报》

① 王天益．英雄屹立喀喇昆仑：走近新时代卫国戍边的英雄官兵［N］．解放军报，2021-02-19（1）．

为《英雄屹立喀喇昆仑——走近新时代卫国戍边的英雄官兵》配发的评论文章《唱响英雄壮歌　奋力强军打赢》激情澎湃，逻辑严谨，催人奋进，将配发式评论的作用发挥得淋漓尽致。

五、雄壮之美，扬我国威

雄壮之美的基本特征是：雄强，博大，壮观，刚毅，坚实，豪迈，激烈，磅礴，凝重，深厚，具有“骏马秋风塞北”之美。《唱响英雄壮歌　奋力强军打赢》有强烈的艺术感染力和视觉冲击力，具有令人向上、催人奋进、震撼人心的美感。

> 英雄业绩光耀山河，英雄精神催人奋进。新时代卫国戍边英雄官兵，是习近平新时代中国特色社会主义思想和习近平强军思想培育成长的钢铁战士，是“四有”新时代革命军人的杰出代表，是对党绝对忠诚、矢志强军报国的时代先锋。面对极其恶劣的自然环境，他们扎根高原、奉献青春，在雪域边关以身铸界碑；面对严峻复杂的现实考验，他们常备不懈、枕戈待旦，有理有利有节斗争，坚决捍卫祖国领土主权和边境地区和平安宁；面对疯狂挑衅和暴力攻击，他们毫不畏惧、团结战斗，以誓死捍卫祖国领土的赤胆忠诚和一不怕苦、二不怕死的战斗精神，践行了“大好河山、寸土不让”的铿锵誓言，谱写了一曲撼天动地的英雄壮歌。

这段引文里的叙述一气呵成，催人奋进，弥漫着雄壮之美。此乃中华优秀传统文化之美。在古代，李白的豪放诗、苏轼的豪放词、陆游和辛弃疾的爱国诗篇、岳飞的《满江红》、文天祥的《正气歌》、于谦和龚自珍的诗作等，无一不是壮美崇高之作，力量无比，雄视千古，气吞河山，荡气回肠。在近现代，毛泽东的诗作《七律·人民解放军占领南京》：“钟山风雨起苍黄，百万雄师过大江。虎踞龙盘今胜昔，天翻地覆慨而慷。宜将剩勇追穷寇，不可沽名学霸王。天若有情天亦老，人间正道是沧桑。”这首诗描述了人民解放军占领南京这一伟大历史事件，揭示了它的重大意义，穷尽了理、事和情，表现了毛泽东高瞻远瞩、锐意创新、挥洒自如、神旺气足的气概，展现了他的才、胆、识、力等。

六、广泛传播，好评如潮

《英雄屹立喀喇昆仑——走近新时代卫国戍边的英雄官兵》以文字版、电子版等形式在《解放军报》、中国军网、微信公众号“解放军报”等全媒体平台多渠道传播，一经发布就被各重点新闻网站、各主流媒体网站和客户端、各门户网站等转载，全网刷屏。该报道发布当天在解放军新闻传播中心新媒体账号的阅读量就超过 6000 万人次，网友纷纷自发转发传播，12 个相关话题同时登上微博热搜榜。该报道先后被《北京日报》《天津日报》等 20 多家省级报纸自发转载，无数网友引用文章内容，自发创作音频、短视频、海报、歌曲等网络新媒体产品，成为广泛自传播的现象级作品。

第三十二届中国新闻奖的评审专家对《英雄屹立喀喇昆仑——走近新时代卫国戍边的英雄官兵》的评价是：“稿件刊发后，‘清澈的爱，只为中国’感染激励了亿万国人，成为新时代中国青年家国情怀的深情告白。习主席在 2022 年新年贺词中为之点赞，在庆祝中国共产主义青年团成立 100 周年大会上的讲话中指出，‘清澈的爱，只为中国’，成为当代中国青年发自内心的最强音。经初审，该作品符合中国新闻奖‘通讯’评选条件，同意推荐其参评。”[①]

本节作业

采制一件群体人物通讯，并撰写一篇体会文章。

---

① 中国记协网．英雄屹立喀喇昆仑 // 中国新闻奖参评作品推荐表［EB/OL］.（2022-11-01）［2023-10-03］. http://www.zgjx.cn/2022-11/01/c_1310668214.htm.

第五章　事件通讯评析

事件通讯是报道具有典型意义的新闻事件的通讯。它具体完整地记叙事件发生发展的情况和过程、原因和结果、意义和影响。事件通讯的题材非常广泛，既可以报道重大事件，又可以叙写“凡人小事”；既可以赞颂先进事物，又可以批评错误倾向；既可以报道突发性事件，也可以报道非突发性事件。

第一节　评析《跨越2800余公里的“拥抱”——湖南清溪村与黑龙江元宝村“走亲”记》

自2023年9月20日起，中国记协在微信公众号“中国记协”和中国记协网公示第三十三届中国新闻奖评选结果，其中杨又华和刘瀚潞主创的《跨越2800余公里的“拥抱”——湖南清溪村与黑龙江元宝村“走亲”记》[①] 获得三等奖。该新闻作品获得第三十三届中国新闻奖的主要因素有以下三个：

一、寻找卖点，策划活动

所谓卖点，无非是指所卖商品具备前所未有、别出心裁或与众不同的特

① 杨又华，刘瀚潞，韩波．跨越2800余公里的“拥抱”：湖南清溪村与黑龙江元宝村“走亲”记［N］．湖南日报，2022-01-15（1）．

色或特点。这些特点或特色是产品与生俱来的，也是营销策划人利用自身的想象力和创造力“无中生有”打造出来的。不论卖点从何而来，只要能落实于营销战略战术之中，化为消费者接受、认同的利益和效用，就可以达到产品畅销、创建品牌等目的。上述商务用语应用于新闻传播领域，就是指新闻工作者寻找或策划最有特点或特色的新闻事实。

我国现代作家和编译家周立波以长篇小说《暴风骤雨》和《山乡巨变》分别记录黑龙江省的元宝村和湖南省的清溪村的风云巨变，书写了新中国社会主义新农村建设的人民史诗。几十年过去了，作家周立波和他的作品的力量依旧深刻影响着以两个村为原点的地区。

自 2021 年 11 月起，湖南日报社报道组深入湖南清溪村，追寻周立波的足迹，记录他的文学力量的时代回响。同时，报道组与当地基层组织深入交流，为乡村振兴建言献策。在交流中，报道组获悉清溪村有意向到黑龙江元宝村考察学习，便迅速为其联络组织，敲定考察活动，联动黑龙江日报社展开全程跟踪报道。

二、跟踪采访，即时成稿

2022 年 1 月，湖南省的清溪村代表一行和报道组跨越 2800 余公里前往黑龙江的元宝村，在零下 20℃的严寒中“走亲戚”。在日程紧凑的一天半里，在报道组的积极推动下，两村代表一见如故，围绕文化力量赋能乡村振兴、建立周立波为纽带的战略合作等深入交流。报道组认真记录，并与两位村党总支书记访谈，走访元宝村村民委员会、暴风骤雨纪念馆、元宝村村办企业等。为记录这一振奋人心的友好之行，及时推出报道，报道组在颠簸的汽车上、返程的高铁上整理素材，敲击键盘，仅用 4 个小时即完成《跨越 2800 余公里的“拥抱”——湖南清溪村与黑龙江元宝村“走亲”记》这篇通讯稿，真实书写了两个故事原型村汲取文学力量、携手同行、振兴乡村的感人故事。上述成稿过程使我们认定一个关键问题，就是写作离不开灵感，而灵感稍纵即逝，必须趁热打铁，才能成功写出高质量的新闻报道文稿。

三、情景交融，回响不绝

情节是叙事性文学作品的内容构成要素之一，它是指叙事作品中表现人物关系的一系列生活事件的发展过程。它是由一系列表现人物性格、人物关系、人物和环境之间的关系等的具体事件构成。《跨越2800余公里的“拥抱”——湖南清溪村与黑龙江元宝村“走亲”记》的情节叙述情景交融，具有感人肺腑的效果。

风雪“故人”来，让81岁的张宝金很是动情。好几次说起两村因周立波结下的情缘，他湿了眼眶。而眼前这位小自己20岁的“同事”的作为，更让他心生感佩——12年前，为了家乡的发展，贺志昂毅然放弃在外的生意，回乡挑起重担，带领村民撸起袖子加油干，使清溪村焕发新颜，成了热门的文化旅游目的地。

两次真诚的鞠躬，是贺志昂对这位闻名已久的老支书的无限敬意。这位小个子的外乡人，在党组织的培养下，从一位小裁缝成长为村领头人，村支书一干就是42年。在他的带领下，元宝村由“光腚屯”变为“亿元村”，村总资产达到7.35亿元。如今，他仍拖着病残的身体，在为村、镇里的事务奔忙。每天清早，他骑自行车或步行，来到离家一公里外的村部，召集村支“两委”早会，接待群众，处理大情小事，一直忙到天黑……

两位村领头人那一次次的拥抱啊，既有因周立波牵起的亲情，也有惺惺相惜的互敬，或许还有基层工作酸甜苦辣的共鸣！

拥抱里，还有他们对两村更密切合作的期待。

上面的引文正是以主创人员杨又华和刘瀚潞为首的报道组精心构思、展示情节的成果。尤其是后面两个抒情的段落，抒发的不仅是个人之情，而且反映了社会生活的精神风貌，是个性和社会性的辩证统一，也是情感释放、情感构造和审美创造的辩证统一。

第三十三届中国新闻奖初评评语（推荐理由）高度概括了《跨越 2800 余公里的“拥抱”——湖南清溪村与黑龙江元宝村“走亲”记》这篇事件通讯的重要意义和深远影响：“该作品是一篇题材重大、文情并茂的好通讯。作品既有历史纵深感，也有新时代的乡村巨变，更有雄浑的情感力量。作品以新闻背景代入，文字明亮，情感热烈，让人看到这南北两个疾行的山村，喧嚣与曙光升腾，即将迎来新的春暖花开。作品迸发出超越常规新闻报道的效益，为两地发展、文艺创作和乡村振兴贡献了力量。”①

本节作业

为《跨越 2800 余公里的“拥抱”——湖南清溪村与黑龙江元宝村“走亲”记》这篇事件通讯配发一篇评论文章。

第二节　评析《“西北狼”重回全国职业联赛》

面对突如其来的新闻事件，记者要做到以下 6 点：第一，要有现场意识，迅速赶赴现场，收集目击材料。第二，要准确深入探寻新闻事件的来龙去脉、主要情节、转折点等。第三，要从新闻事件中提炼最有价值的新闻主题。第四，要展现新闻事件的关键场面，捕捉新闻事件的戏剧性情节。第五，要选择恰当的结构方式。第六，要深度采访新闻事件中的核心人物，写好典型环境中的典型人物。只有这样，才能写出优秀的突发性事件通讯。

① 中国记协网 . 跨越 2800 余公里的“拥抱”// 中国新闻奖参评作品推荐表［EB/OL］.（2023-10-31）［2024-01-12］. http://www.zgjx.cn/2023-10/31/c_1310745768.htm.

《“西北狼”重回全国职业联赛》[1]就是一篇优秀的突发性事件通讯，具有以下 4 个突出的特征。

一、标题吸睛

常言道：“标题是新闻的眼睛。”《“西北狼”重回全国职业联赛》这个标题具有很强吸引力、概括力和评价力。时值全媒体迅速发展时代，“看报看网先看题”已经成为人们的阅读习惯。好的新闻标题，一下就能抓住读者的眼球，吸引他们阅读新闻的具体内容。反之，普通冗长的标题，往往吸引不了读者。所以，新闻标题的重要作用，可以用一个词语来概括，那就是“引人入文”。

《“西北狼”重回全国职业联赛》一文的三个小标题同样极具概括力和吸引力。例如，第二个小标题“球迷动之以情，球员‘拼’字当头”，将文内的相关新闻事实生动地概括出来，十分具有吸引力。

二、生动叙述

现场新闻的采写有着自身的规律。要想写好现场新闻，必须身临现场，目光敏锐，反应迅速，行动快捷，抓住重点，追求细节，客观准确地记录现场。唯有生动叙述事实，才能写出优秀的突发性事件通讯，进而取得良好的传播效果。

作为陕西彬州辉龙队的关键一员，马洋洋在本赛季完成了自我革新。2019 年，马洋洋进入彼时的陕西长安竞技足球俱乐部，成为球队重点培养的年轻球员。5 个赛季下来，马洋洋与陕西足球经历了起起伏伏。“每次踏入我们陕西队的主场，球迷们都会发出山呼海啸般的呐喊声，非常

① 肖阳熠．“西北狼”重回全国职业联赛［N］. 陕西日报，2023-11-10（11）.

震撼！”马洋洋感慨。

正如马洋洋所说，本赛季陕西彬州辉龙队主场渭南市体育中心体育场的上座率甚至超过了部分场次的中超联赛上座率。

10 月 21 日，2.3 万余名球迷现场观看了陕西彬州辉龙队点球淘汰长春申华队的比赛。“西北狼”惊险晋级后，陕西球迷何宇明激动地抱着身旁的一位球迷喊：“我们赢了！赢了！陕西队，西北狼！”

上面引文的叙述就是《陕西日报》记者肖阳熠在中国职业足球联赛的比赛现场的所见所闻。可见，写好现场气氛有着十分重要的意义。新闻工作者要注重对现场气氛、环境变化、人物动作、心理活动等进行刻画，这对读者来说是非常重要的。新闻工作者只有通过对生动情节进行细节刻画，才能让读者犹如身临其境般感受现场氛围、人物心理活动等，读者才能更加了解新闻事件的来龙去脉，并进行相应思考。而写好目击现象，是写好现场新闻的第一要素。《“西北狼”重回全国职业联赛》一文很好地做到了这一点。

三、精选照片

抓拍是捕捉目标景物“刹那即逝”的影像，抓拍图片上的人物的动作和表情真实自然。因为抓拍是从客观实际出发的，往往能够捕捉人们无法掩饰的、发自内心的真情实感。《“西北狼”重回全国职业联赛》随文配发的两张图片都是记者肖阳熠精心挑选出来的抓拍图片：一张是两名足球运动员近距离抢球的特写镜头（见图 5-1），将他们二人的拼抢动作和表情完美呈现出来；另一张是观众席上的观众欢呼助威的图片（见图 5-2），气势磅礴，催人奋进。这两张图片遥相呼应，相得益彰，非常有效地配合文字报道。

图5-1　10月21日，陕西彬州辉龙队坐镇主场渭南市体育中心体育场，点球大战击败长春申华队。图为陕西彬州辉龙队队员传球（资料照片）

图5-2　球场看台上，热情的陕西球迷呐喊、鼓掌，为陕西彬州辉龙队加油助威

四、版面合理

报纸版面要明确报纸自身的定位，明确报道内容，确定自身的风格，据此对版面进行分栏与编排，合理运用色彩，恰当留白，使版面呈现一种疏密有致、主次分明的设计感。近年来，我国的主流报纸媒体高擎权威性和公信力大旗，矗立在舆论阵地制高点，覆盖面、辐射力等不断提升。与此同时，网络媒体迅速崛起，读者的阅读需求也日益多元化，主流报纸媒体必须更具亲和力，才能取得长足发展。《陕西日报》是陕西省委机关报，它的版面编排在整体上保持规整，具体上追求活泼，实现了两者的完美结合。

本节作业

将《“西北狼”重回全国职业联赛》改写为一篇长消息，并撰写一篇改写体会文章。

第三节　评析《风雪夜　大营救》

2017年2月9日，漯河日报社旗下纸媒《漯河晚报》以两个版面刊发系列报道《风雪夜　大营救》[①]，图文并茂，深度挖掘，连续生动地报道了落入机井的小女孩儿小雨（化名）最终获救这一突发新闻事件，还原了救援现场，全方位再现了救援过程，也再现了救援人员的大无畏精神。该系列报道获得了第二十八届中国新闻奖二等奖。《漯河晚报》推出该系列报道的成功经验非常值得推广。

一、一鸣惊人留悬念

根据中国记协网发布的相关信息，该作品是作为新闻摄影参选中国新闻

① 杨光.风雪夜　大营救［N］.漯河晚报，2017-02-09（8-9）.

奖的，所配合文字报道的标题是《众志成城　掘地 9 米救出女孩》。实际上，2017 年 2 月 9 日，《漯河晚报》以第 8 版和第 9 版通版发布配有 8 幅图片的新闻通稿，主标题是《众志成城　掘地 9 米救出女孩》，上方是副标题《12 岁女孩意外坠井　警民展开大营救》，下方和两边是一篇字数为 2800 多字的文字通讯，以及新闻链接《众媒体报道　众网友点赞》和记者手记《团结就是力量》。应该说，这三篇新闻作品共同构筑了系列报道《风雪夜　大营救》这部重大新闻作品。

其实，2017 年 2 月 8 日，《漯河晚报》就在头版全版刊发了一篇新闻摄影作品（见图 5-3），配以短篇文字报道，引人注目，迅速及时，达到了一鸣惊人留悬念的传播效果。其中，短篇文字报道的标题就是《风雪夜　大营救》。

2 月 7 日下午 3 点半，临颍县窝城镇后张村，一名 12 岁女孩在村南麦田内玩耍时意外坠入机井。附近村民立即拨打报警电话，民警、消防战士、村民冒着大雪展开了一场生死大营救。

经过近 9 个小时的努力，今日零点 15 分，小女孩被成功救出。120 急救车立即把她送往医院，经检查，小女孩周身有擦伤，生命体征稳定，正在医院进一步观察治疗。详细报道请持续关注《漯河晚报》。

漯河发布手机客户端全程图文视频直播，请扫下方二维码，关注那牵动人心的每一刻。

图5-3　2017年2月8日，《漯河晚报》头版全版刊发的图片新闻摄影作品

上面短篇文字报道的最后一段还起到了广告作用，温馨提示每位读者“详细报道请持续关注《漯河晚报》”，预告该报会通过“漯河发布”手机客户端全程图文视频直播“关注那牵动人心的每一刻”。

二、抢拍照片抓眼球

首先，注重抓拍场景较大的图片。系列报道《风雪夜　大营救》强烈吸引读者眼球的魅力之一在于记者巧妙拍摄的大场景。新闻通稿《众志成城　掘地 9 米救出女孩》配有大场景广角近距离拍摄的图片（见图 5-4、图 5-5 和图 5-6），表现突发事件不同阶段高潮部分的经典画面。这三幅大场景图片生动表现了救援人员奋不顾身救人的经典场景：参与救援的每个人，在寒风冷雪中坚持近 9 个小时，雪水浸透了他们的衣服和鞋子，他们身上沾满泥泞，他们站在水中……需要哪个消防战士上，需要哪个村民来，需要谁家的工具，谁都没说一个“不”字。大家拧成了一股绳，齐心协力，排除万难，最终救出了小女孩儿。

图 5-4 《众志成城　掘地 9 米救出女孩》配发的第一幅大场景图片（救援现场）

图5-5 《众志成城　掘地9米救出女孩》配发的第二幅大场景图片（挖掘营救）

图5-6 《众志成城　掘地9米救出女孩》配发的第二幅大场景图片（众人合力向上抬）

高潮是某一个事态或某一个动作过程中最饱满、表现力最强的高峰时刻。镜头运用，包括场景变化，都是表象，突发事件真正引起读者共鸣的是人。上面这三幅大场景图片表现的是救援的整体氛围，为中景照片讲述事件，特写照片突出重要情节，做好铺垫，引发读者共鸣。

其次，注重抓拍表现人物的表情和神态的图片。人物的表情和神态往往是他们内心情感的表露，有些表情和神态往往无法用语言文字来表达。下面两幅图片（见图 5-7 和图 5-8）的图题分别是“坠入井中的小雨”和“亲属望向井内，眼神焦急”，恰如其分地诠释说明了这两幅图片。记者抓拍的这两幅照片，角度独特，令人心焦，非常具有感染力。记者运用特写镜头拍摄的这两幅图片，细致表现了人物的表情和神态，表现了坠井小女孩儿所处的极端困境，表现了亲属的焦虑、企盼等神情，给读者留下了深刻印象，引发了他们的强烈共鸣。

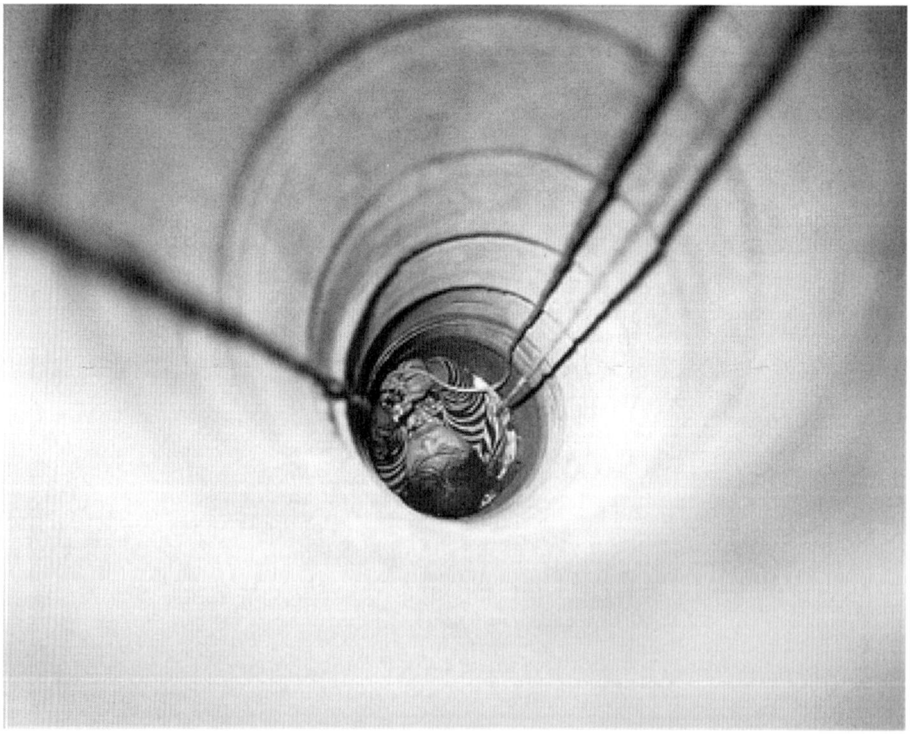

图 5-7 《众志成城　掘地 9 米救出女孩》配发的第一幅特写图片（坠入井中的小雨）

图5-8 《众志成城　掘地9米救出女孩》配发的第二幅特写图片
（亲属望向井内，眼神焦急）

在突发新闻事件现场，摄影记者拍摄的精品力作，通常有着共通之处：拍摄对象，或是矛盾冲突的焦点，或是震撼人心的刹那，或是新闻人物扣人心弦的面部表情。在这里，摄影记者对突发新闻事件的认知能力，对新闻事件的本质特征的准确把握，比纯技术意义上的抓拍功夫更为重要。只有牢牢把握突发新闻事件的本质，摄影记者的镜头才有正确的指向。新闻是真实事件的传达，也是真实情感的传达。新闻图片蕴含的情感，大多通过新闻人物的眼神、表情、肢体语言等体现出来。这时，图片细节展现的就是对新闻人物的内心世界和思想情感的聚焦和抓拍。

再次，注重抓拍角度巧妙的照片。拍摄角度包括拍摄高度、拍摄方向和拍摄距离。拍摄高度分为平拍、俯拍和仰拍三种。拍摄方向分为正面角度、侧面角度、斜侧角度、背面角度等。拍摄距离是决定景别的主要因素之一。以上拍摄角度统称几何角度。此外，拍摄角度又有心理角度和主观角度之分，客观角度和主观角度之分，等等。在拍摄现场选择和确定拍摄角度，是摄影记者的重要工作。从不同角度拍摄新闻图片，可以取得不同的造型效果，具有不同的表现功能。系列报道《风雪夜　大营救》所配图片的拍摄角度是非常巧妙的。例如，“坠入井中的小雨”这幅图片运用的是俯拍角度，可以让人非常清楚地看到救援核心区域的狭窄与救援工作的艰辛，完美表现了系列报道作品的主题。

最后，注重抓拍具有特点的照片。一个人物、一个地方、一个场景等往往具有各自的独特性。抓拍反映事物本质的独特画面，可以增强图片的表现力。例如，下面这幅近景图片（见图 5-9）中医护人员身上的“河南急救”这 4 个白字表示专业急救人员已经加入救援工作，营造出“一方有难，八方支援”的救援氛围。

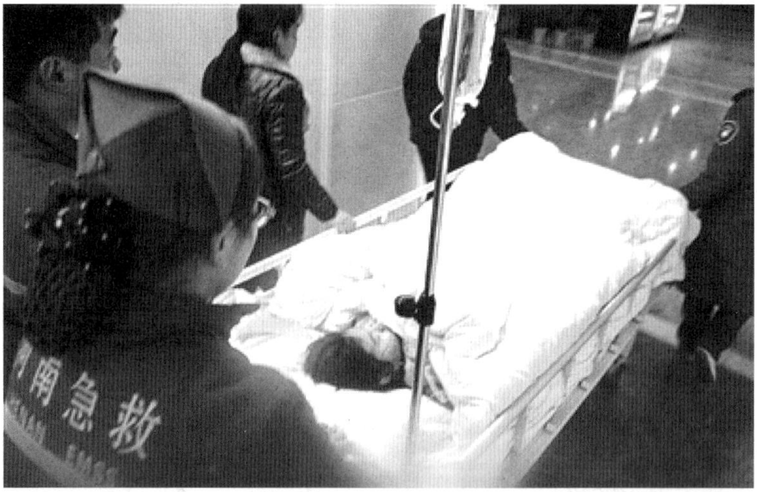

图5-9 《众志成城　掘地9米救出女孩》配发的近景图片（送到医院）

三、精写通讯挖深度

在系列报道《风雪夜　大营救》中，与 8 张新闻图片相呼应的事件通讯文字稿《众志成城　掘地9米救出女孩》，是《漯河晚报》记者李元良、杨光和陶小敏三人共同完成的，整篇通讯体现了他们高超的事件通讯采写功底。

首先，巧妙开篇，简笔勾勒事件全程。这种开头如同一篇短消息，运用极为简洁的语言将事件全程交代得清楚明白，满足了读者的心理需求，也为全文展开奠定了基础。

> 2月7日下午3点半，在临颍县窝城镇后张村，12岁女孩小雨（化名）在村南麦田玩耍时意外坠入机井。附近村民发现后，立即拨打电话求救。很快，村民、民警、消防队员赶到现场，立即展开生死大营救。
>
> 天气很冷，晚上大雪纷飞，刺骨的冷风呼呼吹个不停。
>
> 冰天雪地里，大家众志成城、排除万难，历经近9个小时的紧张救援，最终将小雨成功救出。
>
> 2月8日，记者从医院获悉，除了感到腰、脖子和膝盖等部位有些疼，小雨已经可以下床自由活动，再观察几日就可出院。
>
> 此外，为避免此类事件再次发生，后张村决定对全村所有机井进行排查，没有井盖的加上井盖，并更换破损的井盖。

其次，短段行文，画面连放，扣人心弦。《众志成城　掘地9米救出女孩》这篇通讯稿采用的是蒙太奇手法。“蒙太奇”原为建筑学术语，意为“构成、组装”，电影诞生后在法语中引申为“剪辑”，即将远景、中景、近景、特写等不同景别的镜头剪辑组合在一起。后来，蒙太奇演变为一种电影理论，蒙太奇画面剪辑成为一种艺术组合方式：将一系列在不同地点、从不同距离和角度、以不同方法拍摄的镜头按照一定的逻辑组合起来，叙述情节，刻画人物。如今，蒙太奇手法也广泛使用于戏剧领域和新闻写作领域。这种写作手法，不受时空限制，取材广泛自由，多角度、多侧面、全方位、立体化地表现主题，还可以省却承上启下的过渡句或过渡段，使新闻材料显得充实集中；片段式或标题式的排列方式也使叙事线更加清晰，也更有条理。《众志成城　掘地 9 米救出女孩》的文本就很好地运用了蒙太奇手法，以短段行文，将不同时间和不同地点的画面或片段巧妙地组接在一起，连放重大突发新闻事件的画面，扣人心弦，凸显了系列报道《风雪夜　大营救》的主题。

时间已经是晚上 9 点 45 分，气温已经降至冰点，雪落在麦苗上开始结冰。

消防队员和自发参与救援的后张村村民浑身是泥，雪落在他们头上、衣服上化成了水，他们几乎成了泥人，但他们手中的铁锹没有丝毫停顿，默默地配合着挖掘机的工作，仿佛一台台精密的机器。

围观的村民也跃跃欲试，想过去帮忙。有些村民回家烧热水，买来方便面，让救援人员解渴、充饥。

窝城镇和后张村的党员干部冲在救人第一线，并维护现场秩序，积极配合救援。

随着时间推移，机井边的坑越来越大，越挖越深，挖掘机师傅操作着巨大的铲子，像做手术一样把井边的泥土一点点剥掉。

其他救援人员用铁锹把井壁上的泥土刮去，然后小心翼翼地把井管去掉，一节、两节、三节……每挖掉一节井管，大家的期待便加大一点，救援人员的干劲似乎也更大了。

晚上 10 点 40 分左右，第四根井管开挖……

晚上 11 点 10 分左右，第五根井管开挖……

晚上 11 点 30 分左右，第六根井管开挖……

大家低头干着，世界似乎安静了，雪也逐渐停了下来。

时间到了 2 月 8 日零点，平整的田地被挖出一个 9 米多深的大坑，卡住小雨的最后一节井管露了出来。

井壁上的泥土被轻轻刮去，救援人员又在井壁上打出一个洞，小雨的腿终于可以活动了。

井口的消防战士，把系在小雨身上的绳子递给高处的人，大家慢慢用力，小雨的胳膊终于从井里露了出来。

2月8日零点15分，小雨整个人从井里被拉了出来。

百余人近9个小时的救援，终于把小雨成功救出。这一刻，没有人组织，现场响起了雷鸣般的掌声。

上面引文运用15个蒙太奇片段和画面将3个小时的救援高潮展示出来。这些片段和画面之间，基本上各自有各自独立的起讫，而且它们各自具有相对完整性和相对独立性，但是所有片段和画面又紧紧围绕同一个主题或中心。在这里，表现新闻事实的全面性，与表达效果的形象性、跳跃性、可读性等，有机统一起来，反映了三位记者拥有卓越的创新能力和高超的写作手法。

再次，观访结合，增强事实的真情实感。真实性是新闻的生命。对重大突发性新闻事件，新闻工作者一定要保证自身所报道的新闻事实真实准确。突发性新闻事件具有场面大、人员多、情况杂、变数大等特点，新闻工作者一定要保证自身所采写的新闻事实真实准确。在《众志成城　掘地9米救出女孩》中，三位记者把自身耳闻目睹的新闻事实一一道来，增强了报道的真实性和权威性，也增强了报道的生动性和可读性。

现场已经拉起了警戒线，附近聚集了大量围观群众，消防车和急救车停在附近的路上，井口周围打着应急灯，几辆挖掘机正在麦田内来回作业。几名消防队员趴在井口观察情况。小雨的亲属和民警、消防官兵在制定救援方案，他们脸上雪水和汗水交织在一起，表情凝重。

上面这段文字表述是三位记者在突发新闻事件现场观察到的新闻事实，既有宏观场景，又有微观细节。“小雨的亲属和民警、消防官兵在制定救援方案，他们脸上雪水和汗水交织在一起，表情凝重。”这句细节描写，表现了小雨的亲属、民警和消防官兵的工作态度和鲜明情感，极具说服力。

最后，行文节奏快慢相间，生成波澜起伏的叙事之美。《众志成城　掘地9米救出女孩》的语言文字富有节奏感，有时行云流水，有时铿锵有力，给读者以非常美好的阅读体验。

窝城镇和后张村的党员干部冲在救人第一线，并维护现场秩序，积极配合救援。

随着时间推移，机井边的坑越来越大，越挖越深，挖掘机师傅操作着巨大的铲子，像做手术一样把井边的泥土一点点剥掉。

其他救援人员用铁锹把井壁上的泥土刮去，然后小心翼翼地把井管去掉，一节、两节、三节……每挖掉一节井管，大家的期待便加大一点，救援人员的干劲似乎也更大了。

晚上10点40分左右，第四根井管开挖……

晚上11点10分左右，第五根井管开挖……

晚上11点30分左右，第六根井管开挖……

大家低头干着，世界似乎安静了，雪也逐渐停了下来。

上面文字的前三段的行文节奏可以说是慢步运行，接下来的后四段可以说是快速奔跑。这类行文节奏快慢相间，生成波澜起伏叙事之美的段落，《众志成城　掘地9米救出女孩》里面有多处。

文章节奏和音乐节奏有着相通之处。音乐节奏是用拍子来表现的，传达出或激越、或舒缓、或绵邈、或欢悦的情感。而文章节奏主要表现在两个方面：内容节奏和形式节奏，也可以说是情感节奏和语言节奏，二者相辅相成，联系紧密。“文似看山不喜平，画如交友须求淡。”“凡作人贵直，而作诗文贵曲。”清代文学家袁枚在《随园诗话》中写的这两句话，如今完全可以应用在新闻作品写作领域。《众志成城　掘地9米救出女孩》全文充满曲折有致节奏之美。

四、多媒体矩阵连报扩效应

坊间有一种比较夸张的说法：互联网时代，几乎人人都是记者，人人都是媒体，人人都是评论者。在这种背景下，为了避免舆情危机，抢占舆论制高点，坚持正确舆论导向，具有十分重要的意义。小女孩儿坠井事件发生当晚，《漯河晚报》记者第一时间赶到现场，并通过“漯河发布”客户端以图片、文字、视频等形式进行现场直播，连续发布关于这一突发新闻事件的真实情况的报道，避免了因不实信息传播而引发舆情危机。当晚，《漯河晚报》延迟截稿时间两个多小时，最终从数百幅图片中挑选出最引人注目的一幅，用作该报头版的主图，及时向公众报道救援结果。第二天，该报又以两个整版的篇幅再现了救援过程。系列报道《风雪夜　大营救》一经发布，广大网友争相转发，纷纷为救援人员点赞，并祝福坠井小女孩儿尽早脱离危险。“漯河发布”手机客户端全程以图片、文字和视频直播这一突发新闻事件，及时发布每一刻牵动人心的救援过程。经过发酵，河南卫视、人民网、腾讯网、《法制晚报》等多家新闻媒体纷纷对此事进行报道，对参与救援的消防队员、公安民警和村民齐心协力营救坠井小女孩儿的举动点赞。系列《风雪夜　大营救》配发的图片经各大媒体转发后，传播范围广泛，影响深远，其中《漯河晚报》于2017年2月8日在头版全版刊发的图片被评为“中国长安网2017年度照片”，并被中国美术馆永久收藏。

五、总结推广筑品牌

一家媒体影响力的大小，决定了这家媒体的受众数量的多少，决定了这家媒体在受众群体中的权威性和忠诚度，也决定了这家媒体对广告商的吸引力。而直接决定媒体影响力大小的因素之一，就是该媒体对品牌价值的开发程度。品牌价值开发得越好，媒体的影响力就越大，收益也就越高。可以说，媒体品牌的影响力与它们的社会效益和经济效益密切相关。漯河日报社非常注重利用旗下《漯河晚报》刊发的作品获得中国新闻奖的良机提升品牌效益，也取得了良好效果。《风雪夜　大营救》获得第二十八届中国新闻奖二等奖的消息一经公布，《漯河晚报》就于 2018 年 11 月 5 日在第三版以《本报作品获中国新闻奖二等奖——为本报创刊以来所获最高荣誉》为题进行了整版报道，聚焦打造品牌效益，继续扩大影响力、公信力和美誉度。

当天，《漯河晚报》第三版通栏排版的主标题《本报作品获中国新闻奖二等奖》（见图 5-10）十分醒目，版面左边的消息布位头条配上获奖作品原始版面极具吸引力，版面右上方的 4 份获奖证书引人注目，版面右下方获奖记者杨光以《记录瞬间　见证感动》为题书写的记者手记给人以深刻启迪和正能量。总之，《漯河晚报》通过这次发布专版信息，进一步宣传了品牌内涵，展示了形象魅力，再次给受众带来了强烈的视觉冲击和深邃的事实内涵，知名度和美誉度进一步得以彰显，该报的优质品牌形象进一步深入人心。

本地综合 03

本报作品获中国新闻奖二等奖

为本报创刊以来所获最高荣誉

记录瞬间　见证感动

图 5-10　2018 年 11 月 5 日的《漯河晚报》第三版的版面信息

本节作业

1. 将《众志成城　掘地 9 米救出女孩》改写成动态消息，并撰写一篇改写体会文章。

2. 阅读第三十二届中国新闻奖三等奖作品《今天，阿佤人民再唱新歌》[①]，并撰写一篇评析文章。

① 李绍明，谢进，崔仁璘 . 今天，阿佤人民再唱新歌［N］. 云南日报，2021-08-21（1-2）.

第六章　工作通讯评析

工作通讯是一种重要的应用文体，主要用于反映贯彻执行党的路线、方针、政策等的成绩，总结实际工作中的经验和教训，或者探讨有争议且亟待解决的问题的报道。工作通讯是报纸媒体经常应用的一种重要报道形式，是一种具有政策性和指导性的报道形式，也是一种适用于学科研究写作的重要文体。工作通讯通常要写出背景、做法、成就、经验、教训等，得出具有规律性的结论。它比典型报道更详尽，比工作总结要具体生动，富有文采和理性，内容生动活泼，形式多样，不拘一格。

第一节　评析《一个村会计的“账本”》

2021 年 12 月 29 日，《陕西日报》刊发通讯《一个村会计的“账本”》①，以一沓一沓记录陕西省下凉泉村发生历史巨变的账本为切入点，连通现实和历史，反映农村政策变化、乡村发展变化和村民生活变化，讲述脱贫村庄振兴、走向共同富裕的故事。这是一篇典型的工作通讯。根据中国记协网公布的信息，该新闻作品是第三十二届中国新闻奖二等奖作品。它获奖的主要因素有 4 个。

① 孙鹏，刘居星 . 一个村会计的“账本”［N］. 陕西日报，2021-12-29（2）.

一、主题重大，以小见大

重大主题是指作者从一定历史时期的社会生活里有重大影响的事件中挖掘出的主题。主题正确与否，不在于主题的“大”“小”，而在于它反映生活的深度、广度和时代特色。重大主题优于一般主题。当然，从社会需求来看，人们不仅需要表现重大主题的作品，也需要表现一般主题的作品。党的十八大以来，经过8年持续奋斗，我国实现了近1亿农村贫困人口全部脱贫。这一人间奇迹创造之际，正是巩固拓展脱贫攻坚成果同乡村振兴有效衔接、促进共同富裕之时。这是党和国家的工作重点，亦是新闻报道的着力点。《一个村会计的“账本”》是反映乡村历史变迁、党的农村政策落实和人民群众对美好生活的向往逐步实现的生动记录。

以小见大是指通过小题材、小事件和细节来揭示重大主题、反映深广内容的写作方法。它的特点在于，抓住一事一物或一情一景，从大处着眼，从小处落笔，深入发掘，展开联想，为读者创造一个比现实生活更为广阔、更为深远的艺术境界。这种写作手法给作者带来很大的灵活性和无限的表现力，为受众提供广阔的想象空间，从而获得生动情趣和丰富联想。《一个村会计的“账本”》就是运用以小见大这一写作手法的典范之作。

二、深入采访，形成思路

近1亿农村贫困人口全部脱贫，这是党和国家的工作重点，亦是新闻报道的着力点。2021年秋季，看到微信朋友圈里一张“村民围着会计出纳领钱”的图片，记者眼前一亮，这是陕西下凉泉村的分红场景。初步了解情况后，记者一头“扎”进村子，深入农户家中、田间地头等，最终得知“村民围着会计出纳领钱”的背后故事：2018年，下凉泉村实现脱贫。但是，下凉泉村并未止步不前，而是在村民委员会的带领下，因地制宜，重视科技，巧用政策，大力发展冬小麦产业，同时发展奶山羊养殖、农副产品加工等产业，做强集体经济，保障优质粮食供给。这在陕西关中地区，甚至陕西全省，乃至全国各地，均有很强的典型性和代表性。采访期间，记者和下凉泉村的两任村会计展开深入交谈，通过一沓一沓账本发现了下凉泉村发生巨变的“印证”。这些账本前面记的是“窟窿账”，后面记的是“富民账”。最终，记者以这些账本为切入点，连通现实和历史，反映农村政策变化、乡村发展变化和村民生活变化，讲述下凉泉村从脱贫到振兴、再到走向共同富裕的故事。这些看似微不足道的账本，浸透着下凉泉村村民的奋斗印记，是我国乡村振兴路的重要例证，是全民走向共同富裕的坚实脚印。经过两个月深入采访和反复易稿，记者最终写出了《一个村会计的“账本”》这篇工作通讯。

三、语言朴素，细节感人

素朴通常指的是一种简洁、自然、未经修饰的风格。素朴之美是自然本色，质朴纯真，平实凝练，清新活泼。《庄子・外篇・天道》有言：“静而圣，动而王，无为也而尊，朴素而天下莫能与之争美。”这句话的大意是：清静为玄圣，行动为帝王，无为则被万物所尊崇，朴素而称美于天下。其中，“素朴”用来形容人的德行。庄子认为，外在美和素朴是人的心灵反射到外界的效果。以朴素为美的思想反映到文艺创作领域，即提倡文风清新淡雅，形式简洁明朗，内容抒写真情实感，文章言近旨远。

《一个村会计的“账本”》明显呈现出口语化、地方化等特征，朴实无华，通俗易懂，言简意赅。

> 按说地理条件不差，但就是发展不起来啥产业，富不了全村 799 户村民。年轻人都外出打工，村里只剩下腿脚不便的老人和杂草丛生的撂荒地。村上“两委”也难：想叫群众开会商量事，都没几个人来。就这样，下凉泉村陷入贫困的恶性循环，2018 年年初，村上共有贫困户 216 户。

四、版面突出，效果甚佳

《一个村会计的“账本”》是对中央农村工作会议精神的有力呼应，它在《陕西日报》的刊发体量为近半个版面，相关融媒体作品发布在“群众新闻”客户端，人民网、新华网、央视网、“学习强国”等平台纷纷转载，综合阅读量达500万人次以上。这篇报道及其衍生的新媒体作品迅速引起全社会的关注和讨论：这是三秦大地，乃至全国“战贫”“谋振兴”“促进共同富裕”路上的一个极其生动的点位，具有“一颗水珠折射太阳光辉”的典型意义。该工作通讯也引起当地干部群众热议。大家说，要沿着习近平总书记为乡村振兴谋划的发展路子继续奋斗，不断做好乡村振兴各项工作，力争算出更多“新账”“好账”“幸福账”。

第二节　评析《把卡住脖子的手指一根根掰开——圣农集团攻克白羽肉鸡种源核心技术的故事》

2021年12月4日，《福建日报》刊发工作通讯《把卡住脖子的手指一根根掰开——圣农集团攻克白羽肉鸡种源核心技术的故事》[①]，通过生动丰富的细节，深入浅出的叙事，在历史回溯中再现育种攻关的艰难历程，刻画出育种工作者不畏艰难、自立自强的形象，展现打好种业翻身仗的底气与决心。根据中国记协网公布的信息，该新闻作品是第三十二届中国新闻奖二等奖作品。采写该作品的记者获得成功的主要原因有4个。

一、长期关注农业，养成职业素质

记者职业素质包括多方面的内容，而其中责任意识极为重要。新闻记者

① 张辉，陈志鸿. 把卡住脖子的手指一根根掰开：圣农集团攻克白羽肉鸡种源核心技术的故事［N］. 福建日报，2021-12-04（3）.

强化自身的责任意识，要做到以下两点：第一，要形成正确的世界观、人生观和价值观。新闻记者要以传递正能量为目标。在传播新闻信息的过程中，新闻记者要积极宣传国家的政策法规，传递三观正确的新闻内容，把新闻信息的优势充分发挥出来。第二，新闻记者要有正确的是非观和道德观，深刻把握社会舆论走向，坚持全面看待问题，及时追踪社会热点，进而将真实信息及时反馈给社会公众。

种业是农业“芯片”。《福建日报》记者张辉和陈志鸿长期关注农业种业问题，并长期跟踪报道畜禽领域相关研发育种企业，而白羽肉鸡是我国国内唯一一种源完全依赖进口的饲养鸡品种，我国在这一领域真正“被卡住了脖子”。而鸡肉如今已经成为我国仅次于猪肉的第二大消费肉类，其中白羽肉鸡占据60% 以上的市场份额。可以说，白羽肉鸡种源稳定可靠，事关我国重要农产品稳产保供。

二、抓住报道时机，迅即出手报道

2021 年 12 月 3 日，农业农村部新闻办公室发布消息称，国家畜禽遗传资源委员会审定通过福建圣泽生物科技发展有限公司和东北农业大学和福建圣农发展股份有限公司联合培育的“圣泽 901”、中国农业科学院北京畜牧兽医研究所和广东佛山市新广农牧有限公司联合培育的“广明 2 号”、北京市华都峪口禽业有限责任公司、中国农业大学和思玛特（北京）食品有限公司联合培育的“沃德 188”等 3 个快大型白羽肉鸡品种。[①] 这是我国首批 3 个具有自主产权的白羽肉鸡新品种，实现了“从 0 到 1”的突破，打破了国外种源垄断，是我国农业科技领域具有重大历史意义的事件。其中，“圣泽 901”由福建企业圣农集团主导，历经 10 年攻关培育而成，综合性能达到国际先进水平，并率先

---

① 农业农村部新闻办公室 . 我国自主培育白羽肉鸡品种通过审定［EB/OL］.（2021-12-03）［2023-10-06］. http://www.moa.gov.cn/xw/zwdt/202112/t20211203_6383766.htm.

实现产业化应用。作为亚洲最大的白羽肉鸡生产企业，圣农集团至此具备了全球最完整的白羽肉鸡全产业链。两位记者长期关注研发育种进程，深入企业一线深度采访。审定结果公布后，他们第一时间通过报、网、端等全媒体平台发布工作通讯《把卡住脖子的手指一根根掰开——圣农集团攻克白羽肉鸡种源核心技术的故事》。该新闻作品通过生动丰富的细节描写，深入浅出的叙事情节，在历史回溯中再现育种攻关的艰难历程，刻画了育种工作者不畏艰难、自立自强的形象，展现了他们打好种业翻身仗的底气和决心。

三、善于写出矛盾，展示人物精神

矛盾是文学创作和新闻写作中普遍采用的创作手法。写出矛盾，可以达到许多令人意想不到的效果。运用矛盾可以突出人物的形象、品格等，塑造典型的人物形象。文学作品和新闻作品很注重对这类人物形象的塑造。

长期以来，白羽肉鸡种源却为国外育种企业所垄断。德国的安伟捷、美国的科宝，把持着全球90%以上的市场份额。中国每年进口超过100万套祖代鸡，进口价格从最初的每套5美元上涨到37美元。种雏鸡费用成为祖代鸡养殖最大的成本支出，占比约33%。

“想怎么掐你就怎么掐你。”傅光明说，国外企业出口中国的种鸡数量随意性大，有些年份，由于自身产能过剩，一年向中国输送140万套祖代鸡，造成国内白羽肉鸡价格波动。

种源受制于人，还潜藏着极大的疫病输入风险。2014年以前，我国白羽肉鸡种鸡95%以上从美国进口。2015年左右，美国禽流感疫病泛滥，中国白羽肉鸡引种被迫中断半年。从业者至今心有余悸：“要是再断供半年，整个中国白羽肉鸡产业濒临崩溃。”

上述引用内容中有矛盾，也有细节，很好地展现了人物形象、人物精神等。古人云："宝剑锋从磨砺出，梅花香自苦寒来。"写通讯需要刻画人物形象，而人物形象的刻画离不开矛盾冲突。只有在不断展开的矛盾冲突中，典型人物形象才会变得立体鲜明。

四、注重逻辑清晰，做到行文流畅

《把卡住脖子的手指一根根掰开——圣农集团攻克白羽肉鸡种源核心技术的故事》正文部分有三个小标题。其中，第一个小标题是"种源受制于人　呼唤核心技术"，具体叙述了新闻事实的背景；第二个小标题是"深山秘密育种　开展技术攻关"，具体叙述了破解矛盾的过程，也充分展示了人物境界；第三个小标题是"把握农业命脉　锻造更多'硬核'"，充分展示了新闻事实的未来走向和光明的发展前景。总体来看，这一新闻作品标题准确凝练，内容逻辑清晰，行文流畅，叙事讲求历史纵深感，注重细节刻画，具有很高的可读性。

本节作业

1. 将《把卡住脖子的手指一根根掰开——圣农集团攻克白羽肉鸡种源核心技术的故事》改写为一篇消息，并撰写一篇改写体会文章。

2. 采写一篇工作通讯，并撰写一篇 2000 字以上的采写体会文章。

第三节　评析《支书带支书　树树连成林》

2022 年 12 月 13 日，《河南日报》刊发工作通讯《支书带支书　树树连成林》[①]。该作品发表后，赢得广泛赞誉，次年获得第三十三届中国新闻奖三等奖。该作品具有非常突出的特点，值得我们学习借鉴。

① 刘雅鸣，刘婵．支书带支书　树树连成林［N］．河南日报，2022-12-13（1）．

一、抓住线索，迅即采访

新闻线索，也称采访线索和报道线索，是指为新闻采访报道提供有待证实、扩展和深化的讯息，向新闻记者提示新闻的所在、新闻采访的方向等。新闻线索可能是具有一定新闻价值的某种事实所传播的信息，也可能是已经发生或者将要发生的新闻事实所发出的信号。新闻线索不等于新闻事实，而是记者发掘新闻题材的一种凭据。新闻线索比较简略，要素不全，没有事物的全貌和全部过程，常常只是一个片段或概况。

2022 年 10 月 26 日至 28 日，党的二十大闭幕不久，习近平总书记在陕西延安和河南安阳考察时强调，要全面学习贯彻党的二十大精神，坚持农业农村优先发展，全面推进乡村振兴，为实现农业农村现代化而不懈奋斗。在此后的省委常委会和兰考宣讲调研中，河南省委主要领导两次提到青年村支书张庭莲向老支书典型李连成取经求教的故事，而这两位村支书都是党的二十大代表。《河南日报》记者刘雅鸣和刘婵认为这条新闻线索具有很高的新闻价值，立即展开深度采访活动。他们能够迅即判断出新闻线索及其新闻价值，关键是他们拥有高度的新闻敏感和极高的新闻素养。

二、确定主题，缩小切口

标题是新闻的眼睛，是新闻的内容精粹所在。刘雅鸣和刘婵采写《支书带支书　树树连成林》时，正值新型冠状病毒感染疫情封控期，但他们对这条新闻线索紧追不舍，前期做了大量准备工作，并在新型冠状病毒感染疫情防控优化政策出台后立即前往河南省濮阳县西辛庄村等地进行实地采访活动。最终，他们拟定了《支书带支书　树树连成林》这个新闻标题，既高度概括了新闻事实，又缩小了新闻切入口，确定了新闻主题，还有利于新闻记者把新闻作品写得真实生动。

三、文风质朴，精益求精

《支书带支书　树树连成林》从“村支书带与学”这一新闻切入口切入，紧扣党的二十大精神这一重大主题，烘托出乡村振兴、接续奋斗的大文章，把老典型写出新意义和新气象。全文用贴近人物身份的语言进行白描式写作。两位记者在采访中注意抓故事、细节等，力求质朴自然，用接地气的土话、实话、大白话等，代替一般党建稿件生硬的文字表达。

看眼前这位新支书“是个干事儿的人”，遥想自己当年也是把秸秆变废为宝，办起了村里第一家造纸厂，李连成径直领着她来到村展室开讲了。

“举个例子，宅基地这个最难办的事儿，咋办呢？带头吃亏。当时，我把自家位置好的宅基地让给了别人，却挑了村南头一个偏僻的废坑塘，谁有意见和我换换。”李连成此举一时让老伴儿生了气，却让全村人服了气。

展室里有块展板叫“李连成的话”，歪歪扭扭的笔画但又写得方方正正。这位51岁才开始识字的村支书，自称写的是“童体”字。

“当干部的就是要带头，要带干事的头，带吃苦的头，不能带占便宜的头。”“毁了制度，就相当于抠掉了眼睛，就看不到路了。”……张庭莲边看边念边拍照，发到了村干部微信群里。

“第一句话‘带头吃亏’，第二句话‘带头干活’。”这两句箴言，老支书说得郑重，新支书听得认真。

上面引文内容情景交融，文风淳朴，富有吸引力、感染力和亲和力。“清水出芙蓉，天然去雕饰。”新闻语言讲究朴素。新闻工作者采写新闻稿时要做到“有真意，去粉饰，勿卖弄”，不必追求华丽辞藻，尽量少用形容词、附加语等，不搞华而不实的花架子。新闻写作使用朴素的语言，自然而不造作，可靠而不虚浮，更能吸引和取信受众。

四、适时发表，增强效果

2022 年 12 月 12 日，得知当天全省召开部分乡镇党委书记座谈会的消息后，《河南日报》记者刘雅鸣和刘婵觉得他们采写的新闻稿和这次座谈会的主题十分契合，配合见报，效果更佳。于是，他们第一时间向《河南日报》编委会领导汇报，与夜班编辑对接版面，争取稿件同一天配合见报，力求主题高度契合，达到“1+1>2”的传播效果，进一步深化“支书教支书，支部带支部，越来越多的优秀村支书成长起来，长成一棵棵参天大树，搭稳乡村振兴的四梁八柱”的主题。实际情况确实如此。

本节作业

将工作通讯《支书带支书　树树连成林》改写为消息，并撰写一篇改写体会文章。

第七章　风貌通讯评析

风貌通讯也称概貌通讯或旅途通讯，是一种勾勒某一地区、某条战线或某个单位的面貌变化的通讯。风貌通讯，有侧重于自然风貌的，有侧重于社会风貌的，也有以记事为主的。不过，风貌通讯的记事与事件通讯的记事有着明显的不同之处，它不是围绕一个人物或一个中心事件展开的，也不要求讲述事件发生的全过程，而是围绕主题，选择典型事例，运用点面结合、典型对比等手法，写出事物发展变化的概貌和特色。

第一节　评析《沙洲村：因水浸润的幸福模样》

《沙洲村：因水浸润的幸福模样》[①] 是一篇以记事为主的风貌通讯。该新闻作品在《中国水利报》、中国水利网、“中国水利网”微信公众号等渠道发布后，搜狐网、“时刻新闻”客户端、“学习强国”学习平台、澎湃新闻等纷纷转载，取得了广泛的社会传播效果。该新闻作品获得第三十一届中国新闻奖三等奖。这篇新闻通讯获奖的因素主要有 3 个。

---

① 董自刚，席晶，张灯林，等．沙洲村：因水浸润的幸福模样［N］．中国水利报，2020-12-30（1）．

一、主题重大

新闻价值，是指事实的内涵能够在多大程度上引起受众普遍关注的要素及其传递价值观的功能，是新闻传播主体衡量和选择新闻事实的依据。作为新闻工作者选择报道事实的标准，新闻价值包含时新性、重要性、接近性、显著性、趣味性等 5 个要素。《沙洲村：因水浸润的幸福模样》就是一篇包含以上 5 种要素的风貌通讯，主题重大，非常重要。

2016 年 10 月 21 日，习近平总书记在纪念红军长征胜利 80 周年大会上深情讲述了半条被子的故事。[①]2020 年 9 月 16 日至 18 日，习近平总书记在湖南考察调研期间，首站就到湖南省郴州市瑶族沙洲村重温半条被子的故事，强调讲好红色故事，让红色基因代代相传。在这样的政治背景下，《中国水利报》记者董自刚一行于 2020 年年末来到沙洲村，感受“半条被子的温暖”，带我们领略水利建设赋能美丽乡村的生动实践。《沙洲村：因水浸润的幸福模样》充分表现了主题重大、新闻价值极高是新闻报道选题的第一要素，展现了相关记者极高的政治敏锐性和新闻敏感。

二、采写功底扎实

俗话说：“巧妇难为无米之炊。”新闻写作需要素材，而大部分素材是需要我们通过挖掘来获取的。新闻采访就是新闻写作必经的“第一道工序”。新闻采访是新闻记者对某个问题选择采访对象，提前设置问题，通过与采访对象进行交流沟通、探寻新闻发生的环境、询问相关的当事人、进行实地考察等，获得第一手资料，进而写出故事或者做出评论。记者要写出优秀的新闻作品，就必须拥有深厚的采访功底。

在采写《沙洲村：因水浸润的幸福模样》的过程中，记者运用多种采访手

① 习近平．在纪念红军长征胜利 80 周年大会上的讲话［EB/OL］.（2016-10-21）［2023-10-08］. http://www.xinhuanet.com/politics/2016-10/21/c_1119765804.htm.

段，展开深入采访，获取了丰富生动的新闻素材。利用采访得来的素材，记者用讲故事的手法，从灌溉、饮水、防洪、河流生态治理等方面娓娓道来，总结基层实践的同时，把广大农民群众的幸福感和获得感体现在字里行间，具有很强的感染力和说服力。

三、写作功底醇熟

《沙洲村：因水浸润的幸福模样》展现了半条被子故事的发生地——湖南省沙洲村翻天覆地的变化和百姓的幸福生活，讲述了水利工作在这一方红色土地上发挥的重要作用，展现了以水利人为代表的党员干部奋战在沙洲、传承红色基因、诠释初心使命、兑现承诺的为民行动和成效。

> 邓耿祥清晰地记得，沙洲村通水时间是2017年9月1日。那天晚上，他沿着文明水库通往沙洲陈列馆的路，挨家挨户确认通水情况。周边的群众用手电筒照亮喷涌的水流，举起手机记录下这幸福的时刻："终于像城里人一样用上高标准的自来水了！"
>
> 随着生活的富足，家家户户楼顶上安装了太阳能热水器。村民朱利志家的墙壁上挂着直饮水机，红色旅游带来每天一两千元的收入，让生活品质步步提升。
>
> 村前的滁水河，水质清澈，沉静而婉约。游道、拱桥、水坝、亲水码头的设计，提升了村庄的品位，也满足了人们亲近水的愿望。
>
> "以前到了汛期，河水常漫过稻田。"多年的记忆里，滁水河两岸高低不平，河道淤积，杂草丛生，沙石遍地。

上面的引文内容，有人有景，有对话有描述，充分说明了记者拥有深厚的写作功底。

谚语有云："编筐结篓，重在收口。"议论式结尾是文章结尾的方式之一，古称论结，即记叙性文章结尾时以评论作结，或者在前文叙述的基础上加以分析，揭示文章主题，归纳全文；或者在前文叙述的基础上发表评论，使文意突进，推出另外一层新意。这类结尾的文章往往突出深刻思想的传达或强烈感情的表现，作者的评论有按捺不住之势，述之使文意升华到新高度。

《沙洲村：因水浸润的幸福模样》逻辑结构严谨，行文流畅，文字凝练，语言平实，巧妙运用讲故事的手法提炼观点，结尾评论深刻，内涵丰富，给人启迪。

百姓身边的干部什么样，百姓心中的党就是什么样。曾经，红军战士用“半条被子”告诉群众什么是共产党，今天，许许多多奋战在沙洲的党员干部，正用行动诠释初心，兑现承诺。

这一方红色的土地，珍藏着社会进步的记忆，绽放着因水描摹的幸福样子。

本节作业

1. 将《沙洲村：因水浸润的幸福模样》改写为消息。
2. 采写一篇风貌通讯，并撰写一篇字数在1000字左右的采写体会文章。

第二节　评析《钢渣厂原址“沉渣又泛起”》

2021年1月8日，《青岛日报》刊发通讯《钢渣厂原址“沉渣又泛起”》[①]，随后“观海新闻”客户端、“掌上青岛”客户端、青岛新闻网、青报网等同步推出包括文字、图片、视频等在内的融媒体产品。这是《青岛日报》刊发众多

① 张华，于滈，崔武．钢渣厂原址“沉渣又泛起”［N］．青岛日报，2021-01-08（6）．

舆论监督作品之一，是一篇有理、有据、有力的舆论监督报道。该作品获得第三十二届中国新闻奖三等奖，而它从众多参评新闻作品中脱颖而出，主要有5个原因。

一、重视群众办报，迅速展开工作

群众办报是指共产党提出并实行的依靠人民群众办报的工作方针，是中国共产党的群众路线在报纸工作中的体现。群众办报方针和全党办报方针[①]联系紧密，二者合称“两办方针”。1948年4月2日，毛泽东接见《晋绥日报》的编辑人员时强调：“我们的报纸也要靠大家来办，靠全体人民群众来办，靠全党来办，而不能只靠少数人办。”这一提法随后被总结为“全党办报，群众办报”。当时，解放区的媒介形态较为单一，报纸是党的新闻舆论工作的最主要阵地，但办报对于人民群众却有较高的门槛，如何把“两办方针”落实到基层，调动人民群众办报的积极性，考验着党的新闻工作者。“两办方针”是马克思主义中国化过程中，党的群众路线在新闻事业中的集中概括和系统化提炼，是马克思主义新闻观的重要组成部分。中国共产党历代中央领导集体，结合革命和社会主义建设的不同历史时期的时代特征，以及新闻工作在不同时期的实践需求，赋予“两办方针”不同的时代内涵。

群众办报的基本内容有以下两个方面：第一，办好党的报纸，必须依靠群众。第二，通过通讯员队伍，把各方面的群众团结在报纸编辑部的周围，为报纸写稿，提供情况和新闻线索，帮助报社改进工作。《青岛日报》记者张华、于滈和崔武非常重视读者的意见和建议，他们采写的获奖作品《钢渣厂原址“沉渣又泛起”》就源自群众举报。获取群众举报的相关信息后，他们迅速开展相关报道工作。

---

① 全党办报方针是指中国共产党提出并实行的与“群众办报”思想相联系的办报方针，是马克思列宁的新闻思想与中国共产党办报实践相结合的产物。

二、进行深入采访，获取真实材料

青钢钢渣厂搬出老城区是青岛市淘汰落后产能、加快老企业转型发展、加强环境保护、改善城区环境等的重要举措之一。但在这家老企业搬迁 4 年后，有市民反映，有人在钢渣厂旧址利用废弃设备翻出地下渣土，进行二次加工，施工现场没有防护设施，存在粉尘污染、噪声污染等问题。获取市民举报信息后，《青岛日报》记者张华、于滈和崔武迅速进入“战斗状态”。他们立即赶赴现场探查，发现厂区正门紧锁，围墙一眼望不到边，而那里是禁飞区，无法使用无人机拍摄厂区的情况。经过一番精心准备，他们开始了一系列暗访取证行动：为了探明厂区内施工现场的真实情况，他们爬上一座 15 米高的渣土山，扒开锈迹斑斑的铁丝网，趴在废渣上拍照取证；为了混入厂区一探究竟，他们结合卫星实景地图，分析车辆行进方向，摸清进出厂区的真正道路；为了调查厂区内的作业意图，他们佯装回收铁粉的老板，从工人口中套取到钢渣筛选的更多细节；为了证实施工者在重污染天气应急响应期间不顾“停工令”依然作业，他们不分昼夜，先后四次暗访钢渣厂取证……经过一次次“潜伏”，最终采写了《钢渣厂原址“沉渣又泛起”》这篇通讯。

三、坚守监督原则，保证监督质量

《青岛日报》记者张华、于滈和崔武在采写该报道的过程中始终坚守“准确监督、依法监督、建设性监督”的理念，为青岛市通过老企业搬迁来打造新产业、新空间、新环境等的战略部署贡献了舆论监督力量。该报道推动了青岛市多项环保措施的出台及其落地见效，是一篇有理、有据、有力的舆论监督报道。

四、精心配发短评，增强传播效果

“配”评论是指为配合某一特定的新闻报道而撰写的言论。无论社论或本报评论员文章，还是短评、编者按或编后，全部是依托新闻报道发表的。依托新闻报道，“配”评论的好处主要有以下三点：第一，有助于受众获得对新闻报道的立体化认知。新闻报道向受众传播渠道是扁平单一的。“配”评论通过由表及里、由此及彼对新闻报道进行分析，进一步揭示新闻事件的要点、实质等，进一步阐明党的方针、政策等，从而使受众对新闻事件有全面深刻的立体化认知。第二，有助于编者主动及时地就某一事件或问题发表意见或表明看法。第三，突出版面中心，使报纸版面样式富于变化，既有大方向，又新鲜活泼，增强新闻报道的可读性。新闻报道《钢渣厂原址“沉渣又泛起”》配发的记者点评《监管莫要“走过场”》[①]一文不足400字，但语言精练，充满力量，简洁有力地传达了《青岛日报》的重要立场或观点。

五、传播效果甚佳，社会风气提升

《青岛日报》自开展常态化舆论监督以来，建立起舆论监督和舆论引导有机结合的报道机制，与监督对象形成了“曝光—回应—整改”的良性循环。新闻报道《钢渣厂原址“沉渣又泛起”》刊发后，环保部门向施工单位下达《责令改正违法行为决定书》，责令施工单位立即停产整治。整治后，青钢钢渣厂原址存放的钢渣废料被全部移走。该报道也引起了山东省环保督察组的重视，将其列为典型案例通报，并由青岛市挂牌督办。青岛市成立了专项领导小组，由副市长挂帅，环保部门牵头，集合部门、区市的力量，形成合力推动问题的解决。此后，钢渣厂旧址完成土地平整工作，按照规划要求实施全新的开发建设。同期，青岛市生态环境局对类似的砂石料场开展专项整治，启动抑制扬尘的百日攻坚行动。此外，该报道推动了生态环境管理机制和技术手段改进。针对部分行业领域生态环境保护监管缺位问题，青岛市完善调整了青岛市生态环境委员会各专业委员会的职责分工，切实加强不同行业领域的生态环境保护监管工作，形成了统筹协调、齐抓共管的大生态环境保护工作格局。青岛市生态

① 邱正.监管莫要“走过场”[N].青岛日报，2021-01-08（6）.

环境局依托大数据分析、人工智能、物联网等技术手段，建立起了智慧执法一体化平台，加强了对产生污染源企业、场地的监控。

由此可见，《钢渣厂原址“沉渣又泛起”》的传播效果甚佳，不仅体现了舆论监督之力和推动工作之效，也推动了社会风气的提升。

第三节 评析《同行 1800 多公里，跟着货车司机跑长途》

体验式采访是指新闻记者直接投入所要报道的新闻事件中体验生活，以获得新闻报道所需的素材，以及对新闻事件的认知，并在此基础上写出新闻报道的采访方式。体验式采访是新闻记者深入生活、了解民众等的好方法，有助于新闻记者锻炼实际工作能力、丰富社会经验、提高新闻写作能力等。

2022 年 2 月 7 日，《人民日报》刊发记者调查《同行 1800 多公里，跟着货车司机跑长途》①。该报道见报后，交通运输部主要领导批示要求以这篇报道的刊发为契机，进一步真抓实干，推动了保障货车司机权益的各项举措落地实施。2023 年 11 月 6 日，第三十三届中国新闻奖评选结果揭晓，该新闻作品获得通讯类二等奖。

元代杂剧家乔吉曾经针对乐府创作发表评论：“作乐府亦有法，曰凤头、猪肚、豹尾六字是也。”② 这是一种对乐府创作的开头、主体和结尾的比喻说法。我国古代文论家多用来评论古文写作。也就是说，文章的开头部分要引人入胜，如同凤凰的头部一样美丽精彩；文章的主体部分要言之有物，紧凑而有气势，如同猪肚一样充实丰满；文章的结尾部分要点明中心，宕开警策，如同豹尾一样雄劲潇洒。明代布衣诗人谢榛谈及诗歌创作时指出：“凡起句当如爆

---

① 乔栋．同行 1800 多公里，跟着货车司机跑长途［N］. 人民日报，2022-02-07（16）.

② 这句话出自元代文学家和史学家陶宗仪所著《南村辍耕录》。

竹，骤响易彻；结句当如撞钟，清音有余。”[①] 也就是说，诗歌的起句应当像爆竹一样，突然响起，震天动地；诗歌的结句应当像撞钟一样，清音袅绕，长久不绝。如今，上述理念同样适用于新闻写作领域。

笔者接下来把体验式报道《同行 1800 多公里，跟着货车司机跑长途》看作风貌通讯来评析。该报道前三个自然段落运用生动形象塑造“凤头”，既有故事情节，又有背景介绍，一下子抓住了读者视线。

> “出发！”踢踢轮胎，拍拍车门，围着白色东风牌半挂牵引车转了一圈，王勇平完成出车前的例行检查，招呼记者上车。
>
> 记者抬手看了一眼表，时间为 2021 年 12 月 18 日下午 3 点。这辆车牌号为“晋 LD8577”的货车，驶出山西临汾兴荣物流园，向着目的地广东佛山启程。
>
> “一车染料，加上货车自重，整车不到 50 吨，符合限载要求。”43 岁的王勇平供职于临汾经济技术开发区兴荣供应链有限公司车队，专跑山西到广东的货物运输。

紧接着，作者用三个段落简明扼要、高屋建瓴地叙述了相关背景，既有对汽车货运行业的宏观介绍，也讲述了货运司机的辛勤奉献，更有习近平总书记和国家有关部门对汽车货运行业的关心和肯定。这样的背景介绍为文章主题的展开做好了厚实铺垫。

> 长期以来，广大货车司机以车为家、与路为伴，奔波在物流运输一线。2021 年 11 月 3 日国务院新闻办举行的加强货车司机权益保障工作新闻发布会介绍，2020 年，全行业 1728 万名货车司机完成 74% 的全社会

---

① 谢榛．四溟诗话［C］// 丁福保．历代诗话续编．北京：中华书局，1983：1154.

货运量和31%的周转量，为支撑经济社会发展、保障和改善民生作出重要贡献。

2020年11月，习近平总书记在全国劳动模范和先进工作者表彰大会上指出，要适应新技术新业态新模式的迅猛发展，采取多种手段，维护好快递员、网约工、货车司机等就业群体的合法权益。

聚焦广大货车司机反映的停车休息难等“烦心事”、城市通行难等“操心事”、路面执法不规范等“揪心事”，2021年10月，交通运输部等16个部门联合印发《关于加强货车司机权益保障工作的意见》，坚持远近结合、标本兼治、协同联动、综合治理，重点围绕推动严格规范公正文明执法、畅通货车司机投诉举报渠道、简化货车司机办事办证手续、优化调整货车禁限行政策、改善货车司机停车休息条件等9个方面，切实维护货车司机合法权益。

接下来，作者用一个段落的篇幅，言简意赅地介绍了《同行1800多公里，跟着货车司机跑长途》的采写历程，又点明报道主题。

历时46个小时，记者跟随王勇平驱车1800多公里，抵达南海之滨的佛山。一路同吃同住，感受着货车司机以车为家、与路为伴的辛勤奔波，以及多部门共同发力加强货车司机权益保障，让他们切实感受到的关心关爱。

点明主题后，作者把文章的主体部分划分为“出行更安全”“停车更便利”“办事更便捷”“利益更有保障”等四部分，分别展开叙述。

第一部分可以看作该新闻作品的第一个“风貌”。作者采用“现场见闻”的写作手法，小标题“出行更安全”后面是统领这部分内容的提示语“道路交通信息实时提示，超限超载严密监管，疲劳驾驶、安全驾驶等实时监控预警”，接着用12个自然段紧紧围绕这一主题讲述了一系列事实，这些事实既有现场发生的事实，又有新闻背景中的权威事实，极具说服力和权威性。所谓新闻背景，是指新闻事实之外对新闻事实或新闻事实的某一部分进行解释、补充、烘托的材料，起到解释、说明、交代新闻事实中的地理、历史、自然、经济、文化、政治等背景情况或知识的作用。新闻背景紧扣新闻六要素[①]中的何故（Why）而展开，把新闻事实的来龙去脉、因果关系等放在一定的环境和历史条件下进行剖析，通常被称为新闻中的新闻或新闻背后的新闻。

2021年12月18日下午6点多，货车沿济洛高速途经河南黄河小浪底风景区时，车内对讲机传出公司货运车队其他司机发来的提示："一辆货车在驶经湖北黄石境内大广高速与沪渝高速花湖互通枢纽时发生侧翻事故，请提前绕行。"

"改走许广高速，避开事故路段。"王勇平随即调整行车路线，"公司给我们车队司机配备了蓝牙对讲耳机，可以实时获取道路信息，保障顺畅出行。"

"前些年，一些货车超载问题较突出，我就因为超载发生过一次交通事故，之后再不敢超载了。"近年来，王勇平亲身感到货运出行规范多了，"货运车辆出发前就要过磅，载重数据直接传送到交管部门，在省界、县界国道的治超站以及高速公路入口的治超点，又需过一遍磅，超限超载车辆上不了高速。"

不一会儿，天已黑透，对面车灯在高速公路隔离护栏上方形成淡淡的光带。"前面就是洛阳孟津服务区，咱们休息一会儿。"王勇平指了指车内安装的北斗监测仪。"超过4个小时属于疲劳驾驶，过会儿它就要报

① 新闻六要素包括时间、地点、人物、事件起因、经过和结果，即何时（When）、何地（Where）、何人（Who）、何事（What）、何故（Why）和如何（How），简称"5W1H"。

警了。”

车停孟津服务区休整时，从业21年的王勇平打开了话匣子：“刚跑货运那几年，车里冬天冷、夏天热，一天下来海绵坐垫硬得像块石头。现在车里有空调，还有简易的热水装置。”

“如今不仅行车条件比过去好多了，行车记录也更加全面。”王勇平向记者逐一展示，车辆驾驶舱仪表盘右侧安装了监控设备，车头、车尾、车身两侧还安装了5G数字车辆视频监控主动安全预警系统。“2016年春天，我在货运途中与一辆小轿车发生剐蹭，当时说不清是谁的责任。现在有了更加全面的行车记录，类似的问题就容易解决了。”

车辆安全行驶监测也在同步跟进。休整后我们驶离孟津服务区，没多久便听到货车“喘起了粗气”，发动机发出的轰鸣声沉闷有杂音。经验老到的王勇平很快意识到：“可能是货车涡轮增压发动机出现漏气。”

低速行驶一段时间后，货车在路边停车区域停靠，记者在距车辆150米开外的地方设置了警示标识，王勇平打开货车前机盖，拿着手电筒检查相关部件。“果然是涡轮增压发动机的问题。掉了一个栓，造成涡轮增压发动机排气不畅，480马力的发动机白白少了80马力，成了小马拉大车。”他拿出车内的修理工具箱，很快处理好了故障。

修车的工夫，王勇平接到来自河南省公安厅高速公路交通警察总队的电话：“我们监测到您的车辆尾气排放过高，长时间低速行驶，请尽快驶离高速。如需救援，请拨打‘12328’交通运输服务监督电话……”

王勇平告诉记者，车内北斗GPS双模车载终端可以实时分析发动机运行数据，评估车辆行驶状态，并将监测到的故障信息实时反馈到交管部门后台。“现在路面执法更有力度、更有温度。”他说。

在国务院新闻办2021年11月3日举行的加强货车司机权益保障工作新闻发布会上，交通运输部运输服务司司长、新闻发言人蔡团结介绍，坚持“生命至上、安全第一”，贯彻以人民为中心的发展思想，交通运输部门积极会同有关部门紧盯货车事故暴露出的主要问题，有针对性地采取了提升货运驾驶员的应急处置能力和车辆安全性能、加强对货车司机动态驾驶行为的监控等措施，全面提升安全发展水平。

据新闻发布会信息，近年来相关部门加大了对超限超载、非法改装、疲劳驾驶等严重交通违法行为的集中整治和查纠力度，货车的违法行为得到一定遏制。2020 年，因货车肇事导致的交通事故死亡人数同比减少了近 1000 人。

第二部分“停车更便利”是记者介绍的第二个“风貌”。记者同样以“现场见闻”的写作手法来证明“停车更便利”这个风貌，小标题下面是提示语“公路服务区货车停车位多了，‘司机之家’建设持续推进，着力让货车司机‘有地停’‘放心停’‘舒心停’”，后面 12 个自然段当中穿插一段背景材料，充分展现了党和国家对货运司机无微不至的关怀。

12 月 18 日晚 11 点，车辆驶入河南平顶山西高速服务区。一辆辆货车按地面标注的大车车位引导线有序停放。

“该休息了。”王勇平保持着良好的职业习惯，“晚上 11 点多休息，早上 8 点跑车，保证充足的睡眠时间。”

“过去，到了晚上，服务区里水泄不通，停车难、休息难是常事。”常年在货运途中，这些年的变化王勇平看在眼里，“这一路，不少地方新建、扩建了停车位，大的服务区能停上百辆货车，一些服务区还划定了停车引导线，停车秩序比过去好了很多。”

停车休息难曾是货车司机反映比较集中的问题。《关于加强货车司机权益保障工作的意见》提出“改善货车司机停车休息条件”，要求“适度增加货车停车位数量”“加快推进‘司机之家’建设，为货车司机停车、休息、就餐、洗漱、淋浴、如厕等提供便利”。

出发前，山西省运输事业发展中心副主任肖为民向记者介绍，针对公路服务区停车难的问题，近年来山西持续挖潜，科学调整客货车位比例，改扩建停车位，有效增加货车停车位供给，同时积极推进建设一批功能实用、经济实惠、舒适便捷的“司机之家”。“不仅保障货车‘有地停’，还要让货车司机‘放心停’‘舒心停’。”肖为民说。

12 月 18 日下午，途经山西襄汾西服务区时，记者走进这里的“司机之家”。只见 100 多平方米的公共区域内，设置了打水间和两个独立的洗澡间，并放置有床铺、洗衣机等。“我们免费提供服务，让司机师傅来到这里可以睡个好觉、喝口热水、洗个热水澡。”服务区“司机之家”负责人许顺喜说。

“司机之家”给广大货车司机带来家的温暖。常年吃住在车上，王勇平过去头疼的就是洗澡、洗衣不方便，“别看这小小的‘司机之家’，可帮我们解决了大问题。”

11 月 3 日的新闻发布会介绍，全国高速公路服务区和停车区已设置近 23 万个货车停车位。同时，交通运输部连续 4 年将“司机之家”建设列为民生实事，会同全国总工会在全国推进建设“司机之家”700 余个，为货车司机提供休息、淋浴、洗衣、热水等服务。

12 月 18 日当晚，记者和王勇平在平顶山西高速服务区留宿，“宿舍”就是货车驾驶舱后排——如同火车卧铺车厢一样的上下铺。王勇平想让记者睡稍微宽敞一些的下铺。“您早起还要跑车，休息好了更重要。”见记者婉拒，他又帮着整理好上铺的被褥，“车里很安全，踏实睡！”

刚熄火的车内，温度如常。王勇平感慨道，过去想要睡个安稳觉可不容易。多年前的一天夜里，王勇平在一个服务区停车场留宿，半夜感到不对劲：一辆摩托车在货车附近来回转悠，迷迷糊糊中听到油箱盖“叭”的一声被打开，抬头看了一眼后视镜，只见抽油软管已经塞进了货车油箱。他立即翻身来到前排驾驶室，迅速打开货车大灯，这才驱离了偷油的人。

“过去，我们晚上睡不踏实，怕有人偷油、偷货。一般货车油箱最多可装800升柴油，值5000多元。”王勇平说，“现在，服务区周边安装了停车监控，还有专人负责巡查巡逻。”

据11月3日新闻发布会介绍，保障服务区车、货停放安全，让货车司机放心停车，不少地方都在探索。比如，甘肃省交通运输部门面向货车司机推出了“车货无忧”公众责任保险，保费全部由交通运输部门承担，货车司机一旦在甘肃的联网收费高速公路服务区发生财物被盗，由保险公司赔偿。“我们将在总结甘肃经验的基础上，指导地方结合当地实际有序推广，给货车司机提供更多、更安全的服务保障。”蔡团结表示。

新闻细节是新闻作品中细腻入微地表现新闻人物精神风貌或新闻事实本质特征的最小组成单位。真实鲜活的新闻细节可以将描写对象的某一特征刻画得栩栩如生，使读者产生身临其境之感。新闻细节在报道中往往起到“以一目尽传精神”的作用。

《同行1800多公里，跟着货车司机跑长途》第三部分“办事更便捷”是作者介绍的第三个“风貌”。小标题下面是提示语“车辆跨省异地检验、‘三检合一’改革落地见效，服务监督电话确保‘打得通’‘问不倒’‘办得好’”，正文部分18个自然段有许多可圈可点之处。尤其是其中的细节描写，通过简要的形象描述展现了“有问必答”这一新闻事实，既有现场生活情趣，又彰显了该作品的主题。

12月19日上午8点，新一天的行程开始了。

过舞钢、走泌阳，穿过伏牛山，由河南进入湖北随州境内，道路两边的灌木由黄变绿，人的心情也随之轻快许多。路过随州均川服务区时，王勇平回忆起2020年初他和司机朋友在这里过元宵节时的情形。

“那年正月初三，湖北正在抗击新冠肺炎疫情，我从临汾运送捐赠物资到武汉。之后一个多月里，我加入湖北当地组织的货车志愿服务队，奔波湖北各地运送抗疫物资。”王勇平说，“元宵节就是在这个服务区过的。那天晚上，我和几名来自不同省份的司机朋友拿出家乡特产，一起分享品尝。”

“长时间在外，倘若赶上车辆年检年审怎么办？”记者问。

王勇平笑着摆摆手：“我就吃过这方面的亏。”

2017年2月，王勇平跑了一趟到江西的货运长途，行至河南境内时，才想起到了车辆年审的时间。“折回去吧，好几百公里路白跑了，我想还是跑完这趟长途再说。结果刚进江西，就碰到交警查车，被扣了6分，还被罚款，那趟长途算是白跑了。”王勇平说。

2018年5月，国务院常务会议对进一步降低实体经济物流成本作出部署，明确提出“实现货车年审、年检和尾气排放检验‘三检合一’”“对货运车辆推行跨省异地检验”等一系列措施。当年9月1日起，小型汽车、货车和中型客车跨省异地检验全面推行，申请人可以直接在机动车登记地以外的省份检验，申领检验合格标志，无须办理委托检验手续。同时，交通运输部会同公安部、市场监管总局、生态环境部等全力推动“三检合一”改革落地见效。

“过去，车辆尾气排放检验在一个地方，车辆年审、年检又各在一个地方，全跑下来，得3天时间。现在可以异地办理，而且只需进一个门、上一次检测线，一个上午就能办完。”王勇平说。

据11月3日新闻发布会介绍，31个省份和新疆生产建设兵团全部实现了货车“三检合一”和检测数据的跨省互联，累计向部级系统上传检测信息2300余万辆次，累计检测车辆1100余万辆，占营运货车总数的98%。

一路行驶至湖南衡阳斜坡堰服务区，天色已暗，王勇平拿出锅，连上车载电源，将大米倒进锅里，“现在焖上，到下个服务区就能吃，今晚我们做蛋炒饭。”

40 分钟后，驶入下一个服务区。车刚停下，便有人来敲车门，说道：“为防止有人偷油偷货，交 20 元，我们帮忙看车。”王勇平冲车外摆摆手，升起了车窗。

“对这种不合规的行为，能不能举报？”记者问。

“4 年前，我在路上碰到件别的事儿，打过投诉电话，没用。”王勇平说。

“再试试呢？”

“那就再试试。”说话间，王勇平拨通“12328”交通运输服务监督电话，反映了情况。

打完电话，继续赶路。刚驶离服务区不久，车载蓝牙电话响起，一接，对方是这个服务区的负责人：“对于您在我们服务区遇到的问题，我非常抱歉，一定查明情况，及时向您反馈，并在今后加强人员管理，杜绝类似情况发生。”

当晚 11 点，我们抵达湖南常宁服务区，电话再次响起。这次是湖南省公安厅交通警察总队交通安全综合服务管理平台的工作人员打来电话：“请问您对我们的处理结果满意吗，还有什么建议？”

通完电话，王勇平擦擦手，拿出几枚鸡蛋，放在炒锅边沿磕开，再把焖好的米饭倒进炒锅。“刺啦”一声，蛋炒饭的热气和香味升腾起来。“确实不一样了。过去投诉有时不见回音，现在是‘有问必答’。”王勇平说。

“为了更好倾听货车司机心声，有效解决货车司机的利益诉求，我们强化‘12328’交通运输服务监督电话的作用，进一步畅通投诉举报渠道，提升服务的监督质量，切实维护好广大货车司机的合法权益。”蔡团结在 11 月 3 日新闻发布会上表示，确保电话“打得通”“问不倒”“办得好”，

"12328"总体运行顺畅。2021 年前三季度，全国"12328"热线信息咨询类即时答复率达 98.7%，限时办结率达 96.8%，回访满意率达 97.6%，电话运行的服务质量和群众满意度稳步提高。

第四部分"利益更有保障"是作者介绍的第四个"风貌"，也是该作品的高潮部分。小标题下面是提示语"持续加强货运互联网平台监管，提升物流运输行业组织化程度，推进货车司机参加社会保险"，正文部分 11 个自然段主要介绍了货车司机的权益得以保障的三种做法：第一，通过货运平台享受关于找货的服务。第二，交通运输部会同相关部门，以交通运输新业态协同监管部际联席会议的名义约谈典型的货运平台企业，要求相关企业不得诱导货主不合理压价，不得诱导司机低价竞争、超时劳动等。第三，成立物流（联盟）协会，协调解决相关问题。这三种做法及其效果全部是在生动活泼的新闻事实中体现出来的，使该作品具有很强的可读性。结尾段生动活泼，耐人寻味，特别是最后一句话——"倒车进入仓库，王勇平长长地伸了个懒腰，脸上露出笑容"，蕴含丰富，令人回味悠长。

12 月 20 日上午，从厦蓉高速公路转到二广高速公路，我们从湖南永州蓝山县进入广东清远连州市境内。一路上，山脉连绵逶迤，时而可见山谷间云雾缭绕，高速公路两旁的绿植也更加茂密。

"你们那儿是不是有一车货要运往山西，运费怎么算？"在服务区休息时，王勇平滑动手机屏幕，开始在货运互联网平台寻找返程货运订单。有价格合适的，便打电话询问。

记者在服务区和一些货车司机交流得知，他们中的不少人都使用货运互联网平台找货运订单。山西省交通运输厅相关调研数据显示：山西籍使用过货运互联网平台的货车司机占比达 76.49%，其中经常使用的占比为 47.97%，主要用于寻找回程货源的占比为 19.35%。

“我最早跑货运的时候，找货源用的是公用电话，翻开电话本，挨家挨户地问。现在打开手机应用程序，输入出发地、目的地，周边的推送信息就来了。”王勇平说，找货比过去方便了，但也有苦恼，“有的平台诱导货主不合理压价、司机低价竞争。”

“据不完全统计，现在有七成的货运司机使用货运平台实现找货相关的服务。”蔡团结在 11 月 3 日新闻发布会上表示，货运平台在促进物流资源集约整合、带动物流降本增效的同时，也存在压价竞争、损害司机合法权益、扰乱行业公平竞争市场秩序的问题。

对此，交通运输部会同相关部门，以交通运输新业态协同监管部际联席会议的名义约谈典型的货运平台企业，要求其不得诱导货主不合理压价，不得诱导司机低价竞争、超时劳动。“下一步，我们将坚持监管规范和促进发展并重，更好地统筹发展和安全，明确规则、划清底线、加强监管、规范秩序，促进互联网道路货运平台健康、规范、有序发展。”蔡团结说。

“走哪了？吃的啥？返程订单找好了吗？”一路上，兴荣供应链有限公司董事长吉兴荣和王勇平通了好几次电话。“他是我们的老大哥，从出行安全到车辆检修，平日里没少叮嘱。”王勇平直言很暖心，“按临汾市的相关要求，公司还要给我们车队的司机购买社会保险。过去挂靠公司的车辆多，司机的养老保险都是自己缴纳。”

“市里还成立了物流（联盟）协会，我们公司是牵头单位之一。前段时间，有个同行要不回运费，协会发函协调，帮他要回了辛苦钱。”王勇平说。

“过去散车多、专业运输车队少，导致货运行业低价竞争激烈。”山西省运输事业发展中心货运物流部主任王仁豪说，“我们探索提升物流运输行业组织化程度，提高货车司机议价能力，保障司机货运收入。”

多措并举，改变正在发生。“返程订单在货运平台找到了，运一车家具回临汾，运费 1.1 万元。”王勇平高兴地和记者算了笔账：这趟货运长途单程 1800 多公里，来时运费 1.37 万元，路上油费约 5000 元、过路费 4000 元，扣除吃饭、轮胎磨损等费用，能挣约 3500 元。返程订单过去多是保本接活儿，这次能挣 1000 元左右。

12 月 20 日下午 1 点，货车抵达终点——广东佛山市南海区狮岭村桂兴围工业区。“月收入 5000 到 8000 元，好的时候上万元。沿途道路环境、配套服务也比过去好很多，虽然跑长途辛苦，但钱赚得踏实又舒心！”倒车进入仓库，王勇平长长地伸了个懒腰，脸上露出笑容。

这是一篇典型的体验式深度报道，是一篇有情怀、显担当、见作风的新闻作品。在采写这篇报道的过程中，《人民日报》记者乔栋与货车司机朝夕相处，察实情，说实话，动真情，聚焦写深、写新、写活广大货车司机面临的停车休息难等“烦心事”、城市通行难等“操心事”、路面执法不规范等“揪心事”等。该报道融思想高度、内容深度、情感温度和传播力度于一体，是一篇“上连党心，下接民心”的精品力作。

本节作业

1. 采写一篇 3000 字以上的舆论监督类风貌通讯，并撰写一篇采写体会文章。

2. 采写一篇风貌通讯，并撰写一篇采写体会文章。

3. 研读风貌通讯《河北阜平：年轻人为乡村振兴注入新活力》[1]，并撰写一篇 2000 字以上的评析文章。

---

① 朱洪园，魏岳奇．河北阜平：年轻人为乡村振兴注入新活力［N］．中国青年报，2023-10-16（1）．

第八章　深度报道评析

深度报道是一种系统反映重大新闻事件和社会问题、深入挖掘和阐明事件的因果关系以揭示其实质和意义并追踪和探索其发展趋向的报道方式。深度报道突破一人一地一事的报道模式，剖析新闻事实内部的同时，展现新闻事实的宏观背景，注重对新闻事件背后真相的深度挖掘，着重揭示新闻六要素中的“何故（Why）”和“如何（How）”。

如今，学界并未对“深度报道”的定义形成统一的认识。例如，《新闻学大辞典》对“深度报道”的定义为：“运用解释、分析预测的方法，从历史渊源、因果关系、矛盾演变、影响作用、发展趋势等方面报道新闻的形式。”《宣传舆论学大辞典》对“深度报道”的定义为：“通过系统的科学材料和客观的解释、分析全面深入地展开新闻内涵的报道形式。”

实际上，深度报道不是一种新闻文体，而是一种追求报道深刻性的理念、思想、方法、思维方式和旨趣。深度报道的内容主要包括新闻事件、新闻背景、新闻前景、新闻过程、新闻分析、新闻预测、新闻图片、立场观点、对策建议等。深度报道记者从调查走向研究，从知性走向理性，通过调查研究社会问题，从调查型记者转变为研究型记者。

深度报道的基本特征是，将新闻六要素“5W1H”的内涵充分延伸拓展：将新闻要素中的何时（When）扩展到过去和未来，将何地（Where）扩展到现场以外的地域，将何人（Who）扩展到相关人和其他人，将何事（What）扩展到相关事和其他事，将何故（Why）扩展到深层原因，将如何（How）扩展到原来怎么样、将来怎么样、应该怎么样等。可以说，在深度报道中，何时（When），立足此时，追溯既往，推测未来；何地（Where），立足现场，左右延伸，纵横兼顾；何人（Who），立足事实，追踪采访，涉及相关；何事（What），立足此事，搜集情况，报道细节；何故（Why），立足直接，分析横向，追究纵深；如何（How），分析意义，注重结果，预测未来。

在功能上，深度报道具有全方位认识功能、社会干预功能和媒体提升功能。

在形式上，深度报道可以是单篇通讯，包括解释性报道、调查性报道、预测性报道、精确性报道、典型报道、特稿等；也可以是由若干篇通讯组成的系列报道，甚至可以说是由数篇消息和通讯共同构成的组合式报道单元。

第一节　评析《本报独家专访——抗疫期间，中科院武汉病毒研究所做了什么》

2020年5月11日，《科技日报》刊发深度报道《本报独家专访——抗疫期间，中科院武汉病毒研究所做了什么》[①]，有力地回击了网络上关于中国科学院武汉病毒研究所的谣言，引起了广泛的社会反响。该报道传播效果好，亮点突出，获得第三十一届中国新闻奖二等奖。

一、迎战舆论，以正视听

新型冠状病毒感染疫情暴发后，关于病毒来源的谣言甚嚣尘上，个别西方政客为达到某种政治目的，开始大肆宣扬各种病毒阴谋论，中国科学院武汉病毒研究所更是处在舆论旋涡之中。这些谣言不仅打击科研人员开展疫情防控

① 陆成宽．本报独家专访：抗疫期间，中科院武汉病毒研究所做了什么［N］．科技日报，2020-05-11（1，4）．

科研攻关的积极性，而且蛊惑全国人民团结抗疫的决心。为了还原事实真相，《科技日报》记者陆成宽历时两个多月独家专访了时任中国科学院武汉分院院长、中国科学院武汉国家生物安全实验室主任袁志明，时任中国科学院武汉病毒研究所副所长关武祥等，围绕中国科学院武汉病毒研究所何时开始承担病原体感染检测等任务，中国科学院武汉国家生物安全实验室（武汉 P4 实验室）怎么防止病毒外流、科研攻关有何最新进展等民众最为关心的问题，如实讲述新型冠状病毒感染疫情防控科研攻关一线的故事。《科技日报》记者多次和中国科学院进行沟通，打消了采访对象的顾虑，让他们愿意直接回应焦点，最终采写完成《本报独家专访——抗疫期间，中科院武汉病毒研究所做了什么》。

二、记者专访，亲切真实

纪实性专访记录的是记者和采访对象的对话内容和对话过程，可以真实再现谈话内容和谈话场景，记言性专访记录的内容以采访对象的言论为主。记者可以围绕相关专题，灵活采用多种方式和采访对象进行沟通交流，但记者只是提问，他们记录的应是采访对象的原话。针对性专访必须突出一个“专”字，这也是专访区别于其他通讯的特征之一：围绕专题，不能旁涉。针对性专访具有特定性。这种特定性主要表现在：采访对象是特定的，访谈的问题也是特定的。《本报独家专访——抗疫期间，中科院武汉病毒研究所做了什么》基本上属于记言性专访。记者提出的问题既是社会公众亟需知晓的问题，又呈现了通俗、亲切、真实的状态，非常具有可读性和可信度。

记者提出的问题是公众非常关注的关键性问题，具有极高的新闻价值。受访人关武祥的回答真切而真实，展现了科学家实事求是的工作作风，也展示了记者客观公正的新闻职责。

科技日报记者：基于对冠状病毒多年的研究，能否预测到新型冠状病毒暴发？

关武祥：2003 年 SARS 暴发之后，我国完善了传染病监测体系，通过重大传染病专项的支持，传染病防控能力得到进一步增强。现有的体系主要针对传染病监测与预警，目前还无法实现主动预测。

病毒暴发流行的预测是世界性难题，很难预测。人类对大自然存在的病毒及其发生发展、传播和致病的规律等认识还不够。要实现传染病从目前的被动预警到主动预测阶段，需要一批能坐冷板凳坚持做基础研究和技术研发的科研人员。开展野生动物携带病毒长期监测与本底调查，是监测可能出现的传染病的重要内容之一。

三、问题集中，逻辑严密

《科技日报》记者陆成宽在该专访中一共向采访对象提问了 10 个问题，而这 10 个问题都是关键性问题，也都是社会公众迫切需要知晓的问题，具有极高的新闻价值和传播价值。在这些问题当中，前一个问题和后一个问题之间有着严密的逻辑联系，符合采访对象的思维发展逻辑，中间没有出现打乱采访对象思路的状况。实际上，这也是受众所期待的。

《本报独家专访——抗疫期间，中科院武汉病毒研究所做了什么》开篇两段，记者开宗明义地介绍了新闻背景和采写目的，直接回应了公众期待，也符合新闻写作的基本规律。任何新闻事件的发生发展都离不开一定的社会环境和历史条件。在新闻写作实践中，只有恰当地使用背景材料，才能巧妙地表达记者的立场和观点，增强新闻价值，突出和深化主题。《本报独家专访——抗疫期间，中科院武汉病毒研究所做了什么》在这方面做得非常到位。

新冠肺炎疫情暴发以来，中科院武汉病毒研究所科研人员一直奋战在抗疫一线，承担了不少新冠肺炎防控科研攻关任务。但网络流传的“新冠病毒源于人工合成”“病毒是从实验室泄漏的”等谣言，也引发了社会各界的持续关注。

为全面呈现武汉病毒所科研人员所做的疫情防控科技攻关工作，讲述他们在疫情防控科研攻关一线的故事，科技日报独家专访了中国科学院武汉分院院长、武汉国家生物安全实验室主任袁志明和中国科学院武汉病毒研究所副所长关武祥。

综上所述，这篇独家专访全面呈现了中国科学院武汉病毒研究所的科研人员就新型冠状病毒感染疫情防控而展开的科技攻关工作，有力反击了西方的妖魔化、污名化的报道。据统计，该报道刊发后，众多国内媒体加以转载，取得良好的舆论引导效果；该稿件翻译为外文发表后，有 481 家国外媒体选用或转载，有力驳斥了国外流传的各种病毒阴谋论，取得了良好的国际传播效果。网友纷纷表示，被新型冠状病毒感染疫情推到风口浪尖的中国科研机构终于发声，应当向奋战在科研攻关一线的科学家致敬；不信谣，不传谣，给科研人员更多理解和支持。

第三十一届中国新闻奖初评评语（推荐理由）充分肯定了这篇独家专访："本稿件是一篇既坚持正确舆论导向，又尊重新闻事实的佳作，扭转了当时不利的舆论局面，起到了鼓舞士气、凝心聚力、澄清谬误、沟通世界的积极作用。"[①]

第二节　评析《百花潭公园里，为何餐馆林立？》

2021 年 3 月 31 日，《四川日报》的《民情》栏目刊发深度报道《百花潭公园里，为何餐馆林立？》[②]。该新闻作品刊发后，迅速被多家主流媒体转载，

① 中国记协网．本报独家专访：抗疫期间，中科院武汉病毒研究所做了什么 // 中国新闻奖参评作品推荐表［EB/OL］.（2021-10-29）［2023-10-11］. http://www.zgjx.cn/2021-10/29/c_1310277278.htm.

② 郭静雯．百花潭公园里，为何餐馆林立?［N］. 四川日报，2021-03-31（6）.

全网阅读量达 7000 多万人次。该作品获得第三十二届中国新闻奖三等奖。

一、勇于舆论监督

舆论监督说到底是媒体代表党和人民实施监督的一种有效形式，它和正面宣传是统一的，而不是对立的。中共中央历来重视发挥舆论监督的积极作用，目的就是发现问题、改进工作等。舆论监督运用得好，有助于坚持问题导向，对实际工作产生正面推动作用。

无产阶级革命家李大钊曾手书对联曰："铁肩担道义，妙手著文章。"[①]《百花潭公园里，为何餐馆林立？》是一篇重磅舆论监督报道。该报道的新闻背景如下：成都市在打造公园城市过程中，通过引进社会资本，对一些富有文化底蕴的公园进行升级改造，但在具体过程中却变形走样，餐馆林立，酒吧噪声和油烟严重扰民，群众意见极大。其中，位于成都市中心的"成都最古老公园"——百花潭公园最为典型：公园里的四川省青少年爱国主义教育基地变身为酒吧，原先规划的文化交流中心在实际运行中变身为高档餐厅。《四川日报》记者郭静雯"明知山有虎，偏向虎山行"，充分体现了新时代新闻记者的高风亮节、理想信念等。

二、深入采访真情

真实是新闻的生命，真实更是舆论监督的生命。舆论监督的力量来自事实。舆论监督必须用事实说话，坚持实事求是。《四川日报》记者郭静雯通过 5 次调查走访，以"文字 + 暗访视频"的形式，深刻揭示了百花潭公园的种种乱象，并对话公园城市专家学者等，就"公园城市建设过程中，如何平衡公共利益和经济效益"这一焦点问题建言献策，力求公正客观，并富有建设性。

---

① 这副对联的意思是，用宽厚的肩膀承担正义，担当重大责任；用灵活的手写出精彩美妙的文章，以唤起民众的觉悟。这是李大钊在明代文化名人杨继盛所作的"铁肩担道义，辣手著文章"的基础上改"辣"字为"妙"字而成的。

三、证据确凿无疑

在舆论监督报道中，报道结果往往会影响媒体的公信力。新闻记者一定要确保新闻事实的客观真实准确。在这方面，《四川日报》记者郭静雯付出了诸多努力。第一，以眼见事实说话。这位记者先后走访了成都市的文化公园、浣花溪公园、望江楼公园、二仙桥公园、东湖公园、青龙湖湿地公园等多座公园，发现这些公园在节假日期间会推出一些花展、民俗表演等文化活动，但在消费业态上大多引进茶馆、中式简餐、西餐、儿童游乐等传统项目，而《成都市公园（绿道）场景营造和业态融合指引（试行）》首先提倡的文化体验、运动休闲类等消费业态则比较少见。这是这位记者在调查研究过程中亲眼所见的新闻事实，无可辩驳。第二，以旁人佐证说话。带着“为何百花潭公园里会新增这么多的餐厅”这一问题，这位记者采访了百花潭公园管理处、产业科负责人何潘。后者介绍，百花潭公园是成都市公园城市建设管理局直属单位，每年由财政资金拨款，但这部分资金仅够维持正常运营，无法支撑较大工程的改造提升。为了改造提升百花潭老公园，丰富公园业态，该单位决定招标出租百花潭公园内兰园等部分场地，共计 7 315.18 平方米，由中标单位负责日常运营管理。最终，翰环企业营销策划有限公司中标，在允许的经营范围内，陆续引入南寻歌、音乐房子等业态。上述旁人佐证具有权威性和真实性，也是无可辩驳的。

四、社会效果甚佳

《百花潭公园里，为何餐馆林立？》发表后，引发网友热烈评论，他们表示打着公园升级改造的幌子，实则借公园已有的厚重历史和优雅环境来实现商业利益之目的，既伤害了成都这座文化名城的声誉，也伤害了百花潭公园的历史蕴含和文雅之境。

第三十二届中国新闻奖初评评语（推荐理由）充分肯定了这篇舆论监督报

道："该稿件证据充分扎实、无可辩驳；写作选材精当、逻辑清晰严密，是一篇难得的新闻精品力作，体现了新闻记者的'脚力、眼力、脑力、笔力'，彰显了新闻媒体的责任担当与政治使命。稿件促进成都公园城市建设及时查缺补漏，把好事办好，赢得群众赞扬。"①

五、认真总结经验

《百花潭公园里，为何餐馆林立？》荣获中国新闻奖后，郭静雯发表了《一篇舆论监督报道的诞生始末》②一文，介绍了5条经验。

第一，采访民情，胆子要大。不能被所谓市政府的样板工程吓退。采写一切新闻作品之前，都应该先调查，然后才有发言权。

第二，采访要深。从表面上看，这只是个别公园的经营者业态变形走样的问题。实际上，这反映了公园城市建设中存在业态规范不明晰的问题。这一问题对打造公园城市的成都来说，是不可回避的。

第三，信息要准。中国新闻奖的评选标准堪称"严苛"。这不仅要求采访的信息要绝对准确，还需要编辑字斟句酌，细到每一个标点符号的使用。

第四，底气要足。稿件发布后，引发了较大震动，公园运营方请《百花潭公园里，为何餐馆林立？》的采编人员去开座谈会，质疑该报道失实。由于采访扎实，他们底气很足，进行了有力反驳。

第五，一篇舆论监督报道的诞生，需要采编环节配合、持续跟踪等。

认真总结交流成功经验，表现了郭静雯的高风亮节。正如她在《一篇舆论监督报道的诞生始末》结尾所言："每个新闻工作者内心都有一个舆论监督梦，幸运如我，一不小心实现了。祝大家都能梦想成真！"

---

① 中国记协网.百花潭公园里，为何餐馆林立？// 中国新闻奖参评作品推荐表［EB/OL］.（2022-11-01）［2023-10-12］. http://www.zgjx.cn/2022-11/01/c_1310667941.htm.

② 郭静雯.一篇舆论监督报道的诞生始末［EB/OL］.（2023-06-05）［2023-10-12］. https://scjx.scol.com.cn/web/show.aspx?id=4851.

第三节　评析摄影深度报道《悬崖上的村庄》

2016年5月24日，《新京报》的《目击》栏目刊发该报记者陈杰的专题摄影报道《悬崖上的村庄》[①]。在第二十七届中国新闻奖评选中，该作品获得三等奖。这是一件深度报道佳作，值得我们学习研究。

一、形式多样的持久战

协同作战是当今信息化条件下局部战争的主要作战形式，一般是指不同的力量在不同领域围绕一个共同的目标一起作战。协同作战不仅是一种策略，更是一种战术运用，能够充分发挥各个兵种的特长，从而实现战斗力最大化。笔者在此用这一术语借指《悬崖上的村庄》这件摄影深度报道佳作的突出优势和特点，那就是多种报道形式融合并用、强力出击，持久长期跟踪报道，直到取得令人满意的报道成果。

在版面上，《悬崖上的村庄》只是一天的报道。但从整体上看，该报道是一件追踪报道，是对悬崖上的村庄里的学生爬藤梯上学的事实不间断地进行报道，直到找出问题的发生缘由、解决办法和阶段性结果而告一段落。

摄影深度报道《悬崖上的村庄》一共有5张图片，配发2000字左右的文字通讯。《新京报》用两个版面对该报道进行块状组合编排，端庄大气，极具冲击力。该报道的第五张图片，也是该报道的主图，吸睛力极强。《悬崖上的村庄》中与5张图片紧密融合的文字通讯通过“艰险上学路”“娶亲比登天还难”“修路的困境”等小标题将这座村庄的自然状况、经济状况等简明扼要地交代出来，与5张令人惊心动魄的图片及其图题互为补充，彰显新闻事实，令人震惊，并对这些上学的孩子忧心不已。该报道发表第二天，《新京报》刊发

① 陈杰．悬崖上的村庄［N］．新京报，2016-05-24（A12-13）．

社论《精准扶贫，让悬崖村孩子告别爬藤梯》[①]，足以说明该报对这一新闻事实非常重视，体现了该报具有强烈的社会责任感和使命感。

那么，社论是什么？社论是新闻评论的一种，是报社或杂志社代表编辑部就某一重大问题发表的权威性评论。社论集中反映并传播一定政党、政治集团或社会团体对当前重大事件和迫切问题的立场、观点、主张等。政党机关报的社论一般代表同级党组织的意见。

《新京报》除了专门配发社论《精准扶贫，让悬崖村孩子告别爬藤梯》，还在《焦点》栏目刊发长篇研讨型报道《“悬崖村庄”将建钢筋结构梯道》[②]，从“专家说法”“现场”“焦点 1”“焦点 2”“焦点 3”等 5 个方面分析“悬崖村”的未来走向，使这件摄影深度报道达到更深层的境地。

不久，《新京报》陆续刊发摄影报道作品《“悬崖村”的儿童节》[③]、《我想有新鞋》[④]、《“悬崖村”孩子 6 小时上学路》[⑤]、《荒野徒步六小时艰难上学路》[⑥]等，持续跟踪报道“悬崖村”的相关情况。

上述报道使相关报道不断深化，但是《新京报》并未就此停止对“悬崖村”的跟踪报道。一年后，《新京报》再次在《目击》栏目刊发反映“悬崖村”的新变化的风貌通讯《悬崖村之变》[⑦]。该报道同样是一篇新闻摄影作品，一共有 6 张图片，配发文字通讯《悬崖村之变》。其中，文字通讯开篇写道：“在四川省凉山州昭觉县支尔莫乡，被称为‘悬崖村’的阿土勒尔村曾经不为外界所知。2016 年 5 月 24 日，《新京报》以《悬崖上的村庄》为题报道了这个村落，

---

① 新京报．精准扶贫，让悬崖村孩子告别爬藤梯［N］．新京报，2016-05-25（A02）．

② 陈杰，李相蓉，程媛媛．“悬崖村庄”将建钢筋结构梯道［N］．新京报，2016-05-25（A16）．

③ 陈杰．“悬崖村”的儿童节［N］．新京报，2016-06-02（A10）．

④ 陈杰，李相蓉．我想有新鞋［N］．新京报，2016-06-06（A12）．

⑤ 陈杰．“悬崖村”孩子 6 小时上学路［N］．新京报，2016-06-07（A01）．

⑥ 陈杰，曹晓波．荒野徒步六小时艰难上学路［N］．新京报，2016-06-07（A14）．

⑦ 陈杰．悬崖村之变［N］．新京报，2017-06-25（A10）．

引发社会关注。那些曾经靠着极其艰险的藤梯才能到山下勒尔小学读书的孩子们，现在怎么样了？暑假前夕，新京报记者再度回访。”而后，该报道分别以“孩子想家可打视频电话”“第一个小卖部诞生”“‘悬崖村蜂蜜’网上畅销”等3个小标题讲述三个典型新闻事实，用事实反映“悬崖村”的新风貌。《新京报》以摄影记者陈杰为首的前方采拍写团队和后方编辑团队携手打造了“悬崖村”相关深度报道，成效突出，在一年中陆续推出跟踪报道达8个专版之多。直到“悬崖村”脱贫致富，村民的生活有了新起色、新成果等，《新京报》的相关跟踪报道才暂时告一段落。

二、各具特色作用强

《悬崖上的村庄》系列深度摄影报道的图片、文字通讯、版面等具有创新性的特色呈现，产生了极好的新闻传播效果。

1. 在文字报道上，多种措施求深度

文字报道的最大难点在于事实准确。《悬崖上的村庄》在凸显事实准确方面运用了以下5种方法：

第一，亲历采访，获取第一手素材。《新京报》记者陈杰历时5个小时冒险进入“悬崖村”，并在接下来一周的采访中三次上下“悬崖村”，拍摄村民和孩子上下“悬崖村”的过程。2016年5月24日，《悬崖上的村庄》发表，向公众呈现“悬崖村”的这一罕见现状，引发社会广泛关注。当天，党和国家领导人作出批示，四川省凉山州承诺修一条钢梯以优先解决村民和孩子的安全问题。

第二，情景再现新闻记者在现场的所见所闻。新闻摄影作品《悬崖上的村庄》配发的文字通讯以简洁质朴的语言交代《新京报》记者陈杰在采写该新闻作品过程中的所见所闻。

9点多钟，勒尔小学校长吉克拉者带着15个孩子到山下，其中有陈古吉的5个孩子，4个女孩1个男孩，最小的男孩叫陈木黑，6岁，读学

前班。

爬山开始前，陈木黑被陈古吉系上背包绳。前面由一个家长引路，中间一个家长，陈古吉带着陈木黑走最后，6 岁的陈木黑已经在这条路上，上上下下几十次了。

在爬垂直藤梯的时候，陈古吉会从后面微微提绳，让儿子能够省点力气，跟上前面的哥哥姐姐。

在通过没有任何附着物的崖壁上的道路时，陈古吉就格外小心，紧抓绳子的手有时青筋暴起。

他说，前些日子，一个娃滑了一下，幸好崖边的藤条挡住了，才捡回一条命。

上学的孩子都背着沉沉的书包，大多数是女孩，15 个孩子在三个家长的保护下，大约用了 2 个小时，到达“悬崖村”。

第三，借用他人的话，说明事实真相。《悬崖上的村庄》非常自然地引用“悬崖村”村民陈古吉、“悬崖村”所属的支尔莫乡的乡党委书记阿皮几体、“悬崖村”所属的昭觉县的县委办公室秘书吉克劲松等人的口述内容说明新闻事实真相，无疑具有权威性和真实性。

昭觉县委办公室秘书吉克劲松表示：易地搬迁主要问题是易地意味着失地，农民搬迁到城市附近后生计是一大难题，现在的悬崖村其实土地资源和气候条件是很好的，致富不难，青花椒等特色农作物的品质好，产量高。关键制约在交通，但是修路成本过高，造价大概在 6000 万左右，上面的住户少，投入和产出极不相称，政府根本无力筹建。

第四，展开讨论，进一步把问题引向深入。长篇研讨型报道《“悬崖村庄”将建钢筋结构梯道》首先就“悬崖村”面临的问题，给出初步解决方案，接着给出了专家建议。

> 对于悬崖村庄的未来发展，杨勇建议，不单纯是发展旅游产业，还要带动其他相关产业，包括现代农业、特色农业、观光农业和旅游产品等的发展，让彝族群众参与到旅游当中。此外，集体验、探索、公益、观光于一体，结合生态环境，推动彝族村寨新农村建设。

接下来，该报道简要介绍了“悬崖村”的基本情况。在此基础上，记者提出了三个焦点问题，即“焦点1　孩子为何需下山上学？”“焦点2　村民有无整体搬迁可能？”“焦点3　村里修路究竟难在哪儿？”，进一步把问题引向深入。

第五，分析透彻，挖掘问题本质。例如，《新京报》为《悬崖上的村庄》专门配发社论《精准扶贫，让悬崖村孩子告别爬藤梯》，开篇即点出问题的所在：

> 悬崖村面临的最大问题，首先恐怕并非经济发展，而是如何保障村民与小孩的生命安全。在这里，安全就是最大的民生问题。

在透彻分析“悬崖村”面临的最大问题产生的新闻背景之后，该作品就如何在提倡精准扶贫的大背景之下针对“悬崖村”的精准需求制定个性化开发扶贫方案展开讨论，进一步深入挖掘问题本质。

> …………
>
> 在提倡精准扶贫的大背景之下，处于左右为难境地中的“悬崖村”是个典型案例。在这个案例中，所谓的精准，不仅在于如何根据当地实际情况实现脱贫目标，更在于如何清晰定位当地所面临的首要问题，设置更加合理的脱贫路径。

显然，悬崖村面临的最大问题，首先恐怕并非经济发展，亦非脱贫目标，而是如何保障村民与小孩的生命安全。在这里，安全就是最大的民生问题。

或许，从经济效率角度上考虑，为住在悬崖上的村民修建索道，或为当地三个村落1420人投入五六千万修建一条公路，投入与产出并不相称。但问题在于，政府的责任并不仅仅局限于经济层面。社会层面上所担负的责任，也是各级政府部门更应该正视的问题。当责任与经济效益发生冲突时，责任应该是政府重要的衡量因素，而非经济效益。

更何况，就当地而言，这两者并非全然冲突，并非所有的经济投入都无法产生经济效益。悬崖村其实土地资源和气候条件是很好的，致富不难。最近县乡干部和旅游扶贫帮扶单位密集调研，也外聘了地质学家杨勇，对旅游和道路规划进行科学评估，力求在保护好当地宝贵生态环境的前提下，制定道路开辟和旅游开发，带动当地脱贫。

精准扶贫需要对接贫困人口的精准需求，也需要因地制宜，制定个性化的开发扶贫方案。

…………

2. 在图片拍摄上，不同景别动心魄

第一，不同角度动心魄。不同角度拍摄同一对象对主题深化产生“1+1>2”的效果。例如，《悬崖上的村庄》的主图（见图8-1）是采用大场景远景平行拍摄的，凸显了地形险恶、人物渺小、上学艰难等。第四张图（见图8-2）采用俯角拍摄，画面最前面的小女孩艰难爬天梯的动作，特别是她那无奈而又畏惧的表情，尤其在后面几个孩子的衬托之下，着实令读者不寒而栗，而又忧心忡忡。《新京报》摄影记者陈杰从不同角度聚焦同一画面，无疑起到了深度深化主题的作用。

图8-1　5月14日，在三名家长的保护下，15个孩子从勒尔小学出发，走崖壁，爬藤梯，踏上回家的路

图8-2　15个孩子中多数是女孩儿，在三个家长的保护下，背着沉沉的书包，大约用了2个小时，到达“悬崖村”

第二，人景合一，撼动人心。拍摄新闻作品离不开拍摄人物，而人物必须由背景来衬托。正所谓："红花还得绿叶扶。"正是在背景的衬托下，人物的行为、特征等才能更加凸显。

图 8-3 是摄影新闻报道《悬崖村之变》的第一张图片，画面上主要人物的背景是近处脚下的其他人、远处山下的村庄、土路和对面的山坡。在背景的衬托之下，人物和景色融为一体，达到了撼动人心的视觉效果。

图8-3　6月17日，悬崖村，60多岁的村民伍有则背负着10根总共一百多斤的钢管，在攀登钢梯，这些钢管被用来维护钢梯，填补一些缝隙较大的地方

第三，抓拍表情，动人心魄。新闻摄影作品是以摄影图片的形式对正在发生的新闻事件进行报道，是一种利用摄像机对新闻事实进行现场纪实的新闻报道形式。摄影图片是新闻摄影作品传播信息的主要手段，主要依靠抓拍完成，宗旨是说明事件、传播消息、引发影响等。新闻摄影作品主要表现人物，要求新闻摄影记者运用各种镜头，尤其是人物的特写镜头，拍出人物的心态，拍出人物的喜怒哀乐等，起到刻画人物、深化主题的作用。

图 8-4 是《悬崖村之变》中学前班学生陈木黑在学校吃营养餐的画面，画面上陈木黑的吃相，特别是他的眼神，以及其他孩子的衬托，极具感染力，给人留下极大的遐想空间。

图8-4　16日，勒尔小学6岁的学前班学生陈木黑在吃营养餐，餐具是学校统一配发的

3. 版面风格上端庄大气抢眼球

《新京报》关于“悬崖村”的系列摄影报道，例如《悬崖上的村庄》《“悬崖村庄”将建钢筋结构梯道》《“悬崖村”的儿童节》《我想有新鞋》《“悬崖村”孩子 6 小时上学路》《荒野徒步六小时艰难上学路》《悬崖村之变》等，均呈现出端庄大气、显要夺目的风格。

以《“悬崖村庄”将建钢筋结构梯道》为例，该新闻作品运用并列式版面结构，对文字通讯各部分的标题、字体、版面空间等的运用，采用相同或相似的形式，使整个版面显得干净整洁，主次分明。其中，左上方的“焦点”和右上方的大幅套排图片形成第一方阵，接下来是后续队列，特别便于阅读。尤其是大幅套排图片显得格外抢眼，成为版面的视觉中心，引领读者继续阅读其他内容。

A16 焦点

“悬崖村庄”将建钢筋结构梯道

解决群众安全出行问题；力求在保护生态环境前提下，制定道路开辟和旅游开发规划，带动当地脱贫

焦点

建议未来不单纯发展旅游

村民每周下山赶集一次

1 孩子为何需下山上学？

山上面积太小，修建学校不太现实

2 村民有无整体搬迁可能？

3 村里修路究竟难在哪儿？

图8-5　2016年5月25日的《新京报》A16版刊发长篇研讨型报道《“悬崖村庄”将建钢筋结构梯道》的版面结构

社论《精准扶贫，让悬崖村孩子告别爬藤梯》和《新京报》的其他报道合用一个版面，但是排在头条位置，显得十分醒目，这足以说明编排人员对这一新闻作品的重视程度，真正发挥了社论作为“报纸旗帜”的重要作用。

《新京报》在版面结构上形成端庄大气、抢眼球的风格，根源在于该报始终坚持图片运用的 4 个基本原则：①追求图片的价值性。该报以新闻价值的大小和图片信息的多少对图片进行取舍，并以此决定它们的大小主次，坚决不因重视图片而不顾实际地加大或加强图片，抑或以图片撑凑版面。②追求图片信息的单纯性。一张图片最好只传达一条主信息，可以据此剪裁图片以“聚焦”图片信息，次要信息或干扰主信息的细节可以进行局部精细处理，但不得有损图片信息的真实性。③追求图片信息的完整性。图片不得变形或叠加；必须进行挖切处理时，不得有损图片信息中的有效信息；除了个别单纯背景的图片，可以在空白处插叠标题，图片上不能出现压图的标题、正文等。④追求图片运用的主次性。一个版面一般只能摆放一张图片或一组图片，使之成为这个版面的视觉中心。

本章作业

完成一篇文字深度报道或摄影深度报道，并撰写一篇创作体会文章。

第九章　新闻评论评析

第一节　评析《在奋斗中践行初心使命》

社论是新闻评论的一种形式，是最重要的新闻评论和舆论工具，是报社或杂志社代表编辑部就重大问题发表的评论。社论不同于一般的评论文章，因为它是集体智慧的结晶，是具有权威性的坚守党性原则的评论文章，是不允许任意发挥个人意见的。社论也不同于一般的文件和指令，它从思想认识上阐明问题，把社会生活现象和重大时政问题上升到一定的理论高度加以分析阐述，从而把受众的认识水平提升到政策的高度，具有高度的指导性。

社论具有新闻评论的一般功能，如认知功能、教育功能等，但它最突出和最重要的特征是，它是代表媒体，乃至政党、政治团体等，直接发言的喉舌，具有舆论引导功能。美国大众报刊的标志性人物，美国新闻界最高荣誉奖——普利策奖和美国哥伦比亚大学新闻学院的创办人约瑟夫·普利策（Joseph Pulitzer）把社论喻为“报纸的心脏”。

2020 年 1 月 18 日，《闽西日报》刊发社论《在奋斗中践行初心使命》[1]，结合闽西老区发展实际，把深刻思想寓于平实的论述中，写法创新，生动活

[1] 高营光，王仰华．在奋斗中践行初心使命［N］．闽西日报，2020-01-18（1）．

泼，可读性强，给人以矢志奋斗的不竭动力。该社论获得第三十一届中国新闻奖三等奖。该社论具有如下突出特点。

一、主题宏大，联系实际

习近平总书记在“不忘初心、牢记使命”主题教育工作会议上的讲话中站在党和国家事业发展全局的战略高度，深刻阐述了开展主题教育的重大意义，深刻阐明了主题教育的总要求、根本任务、具体目标和重要措施，为全党开展主题教育提供了根本遵循。《在奋斗中践行初心使命》是一篇配合福建省龙岩市“不忘初心、牢记使命”主题教育总结大会的社论，主题宏大，联系实际，具有很强的针对性和指导性。

二、观点鲜明，论证有力

新闻评论写作的核心和灵魂是论点，即新闻评论向受众阐述和论证的立场、观点、主张、见解等。清晰说理、有力论证是新闻评论写作的关键要求。《在奋斗中践行初心使命》紧密结合习近平总书记关于“奋斗”的重要论述，围绕“在奋斗中践行初心使命”的主题，深入论述“什么是奋斗？”“为什么奋斗？”“怎么样奋斗？”，动员闽西老区干部群众“不忘初心、牢记使命”，保持永远在路上的清醒和坚定。该社论体现了作者思维的严密性、深刻性和辩证性，做到了论点鲜明，论据充分，论证有力，论述生动。

三、深入浅出，入脑入心

《在奋斗中践行初心使命》跳出了传统社论的写作模式，以朴实语言论述宏大主题，拉近了与读者的距离。该社论写法创新，生动活泼，可读性强，结构严谨，逻辑严密，文字流畅，深入浅出，读起来朗朗上口，说理入脑入心，是一篇时度效俱佳的好作品。特别是写法创新，把传统上比较生硬的社论写出了新意。

四、妥善传播，效果甚佳

《在奋斗中践行初心使命》牢牢把握“新时代是奋斗者的时代”这一宏大主题，落脚点却是非常具体的“个人奋斗”，从基层视觉理解领会“奋斗”的内涵。《闽西日报》在头版重要位置刊发这篇深刻鲜活的新闻评论，再通过闽西新闻网、“今日头条”等平台转发推送，取得了良好的传播效果。这篇社论，结合闽西老区发展实际，把深刻思想寓于平实的论述中，给人以矢志奋斗的不竭动力，受到读者的喜爱和表扬，他们纷纷称赞这是一篇难得的好社论。

第二节　评析《防控重大疫情，我们在一起》

2020 年 1 月 23 日，《湖南日报》刊发评论员文章《防控重大疫情，我们在一起》[①]。该新闻评论特色鲜明，获得第三十一届中国新闻奖三等奖。

一、及时发声，有力引导

在网络媒体迅速发展的形势下，广大人民的民主意识和参与意识日益增强，新闻评论作为人们直接表达意见的有效形式，也日益受到媒体重视，时效性也就成为新闻评论传播的关键因素。尤其是在重大突发事件发生之时，一定要强化新闻评论传播的时效性，以新闻事实为基础，拉近新闻评论与相关新闻报道的时间间隔，尽可能在最短的时间里将评论信息传播出去。2020 年岁末年初，一场突如其来的新型冠状病毒感染疫情席卷大江南北。面对这场来势汹汹而人们几乎完全未知的疫情，《湖南日报》理论评论部在时任总编辑龚政文带领下，研究政策形势，精心组织策划，于全国省级党报中率先发声，推出

① 湖南日报评论员．防控重大疫情，我们在一起［N］．湖南日报，2020-01-23（4）．

评论员文章《防控重大疫情，我们在一起》，表现出了强烈的政治敏感和新闻敏感。

二、敢为人先，观点创新

对比全国关于抗击新型冠状病毒感染疫情的报道，《防控重大疫情，我们在一起》实现了至少三个“首次”：第一，深入阐释解读习近平总书记关于疫情防控工作的重要指示精神，分析解读从中央到湖南的抗击疫情“作战图”，首次呼吁大家面对疫情既小心为上又不自乱阵脚。第二，首次在全国省级党报中叫出并叫响了“打赢疫情阻击战”的战斗口号。第三，首次提出善待武汉人、善待在武汉工作的外地人的主张，在引导疫情防控工作、疏导公众情绪、稳定社会信心等方面起到了关键作用。

这篇评论员文章的论点、论据、表述等，全部经受住了时间的检验，彰显了主流媒体在关键之时的关键之为。

三、结构严谨，表达有力

对新闻评论来说，结构严谨就是在论证过程中科学合理地组织材料、安排层次结构等。《防控重大疫情，我们在一起》运用递进式、由表及里、由浅入深的结构方式，逐层剖析论题，层次之间环环相扣，论述深刻透彻。第三十一届中国新闻奖对该新闻作品的初评评语（推荐理由）指出：“该文观点铿锵有力，态度明确坚决，在疫情阻击战打响的第一时间，真正发挥了党报评论‘风向标’‘定音鼓’的作用。”①

《防控重大疫情，我们在一起》的结尾温馨而又不失理性，令人回味悠长，感慨万千。

---

① 中国记协网．防控重大疫情，我们在一起 // 中国新闻奖参评作品推荐表［EB/OL］．（2021-10-28）［2023-10-15］．http://www.zgjx.cn/2021-10/28/c_1310259081.htm.

明天就是除夕了，对不少人来说，这将是一个战斗的春节；对大多数人来说，还是要欢度良辰吉日，安享团圆时光。这正是防控此轮重大疫情的最大目的。

第三节　评析《张桂梅为什么感动中国》

2020年7月27日，作为中国唯一一份女性大报，《中国妇女报》刊发评论员文章《张桂梅为什么感动中国》①。该作品获得第三十一届中国新闻奖二等奖。该作品全文大约900字，呈现多个特点。

一、抓住时机，及时发布

与其他评论形式相比，新闻评论的最大特点就是时效性。新闻评论要对新近发生的事件、问题等快速做出反应，而新鲜即时的内容永远是新闻评论的灵魂。2020年，云南华坪女子高中校长张桂梅的事迹感动大江南北，而《中国妇女报》很早之前就开始全方位关注她的事迹。2020年7月，张桂梅荣获全国三八红旗手标兵称号。中国妇女报·中国妇女网评论员韩亚聪抓住时机，及时发表《张桂梅为什么感动中国》，深刻全面阐释了张桂梅这位“燃灯校长”的奉献和坚守。这是有关张桂梅最早的评论员文章之一，充分彰显了评论员韩亚聪的新闻敏感和业务熟练性。

二、感情真挚，入情入理

《张桂梅为什么感动中国》一文感情真挚，入情入理，由张桂梅的个人事迹说开去，由此及彼、由表及里地述评奋斗之于贫困女性面临困境、顽强抗争、辛勤收获、迎来蝶变的重要意义，极具“妇”字号媒体的新闻着眼点与责

① 韩亚聪.张桂梅为什么感动中国[N].中国妇女报，2020-07-27(1).

任担当。例如，该文章开篇就起笔有情，有形象，有抒情，有议论，一下子就抓住了读者的眼球，进入他们的心灵深处。

有些人的光芒，是燃烧自己照亮别人。

在茫茫滇西深度贫困山区，半生坎坷半生奉献的张桂梅，用瘦弱的身体扛起1800名大山女娃的人生希望。“只要还有一口气，就要站在讲台上”，在63岁的年纪，张桂梅那些足以“感动中国”的诺言和行动，仍在继续。

三、深挖主题，吸引读者

画龙点睛的写作手法可以使整篇文章生动有力，深化文章主旨，让读者有更深刻的感受和体验，增强文章的感染力。中国妇女报·中国妇女网评论员韩亚聪通过在《张桂梅为什么感动中国》的关键部分使用画龙点睛的精辟词句，突出主题，引起读者注意，使这篇评论员文章更有吸引力和阅读价值。下面引文就是《张桂梅为什么感动中国》深挖主题的画龙点睛之笔，极具感染力。

而更为恒久的意义是，张桂梅用自己的经历告诉女孩们“女性自强才能自立”，也以这样的精神传递着“每一位妇女都有人生出彩和梦想成真的机会”的价值理念，并塑造了更多在自立自强中树立自尊自信的“她们”。

四、传播广泛，效果极佳

《张桂梅为什么感动中国》对张桂梅这一形象阐述到位，笔端有情，时效性强，做到了短、实、新，传递出在教育扶贫中女性改变命运的执着信念，在时代变迁中女性生生不息的奋进力量。这篇评论饱含对张桂梅这位新时代女性的赞美，高度肯定国家教育扶贫对改善贫困地区女生命运的重要性，经过多家主流媒体广泛传播，思想引领效果极佳。这篇评论在全网传播后，引发广泛关注，仅微信端和微博端的阅读量即达近 100 万人次，获得数千网友点赞和评论。“学习强国”学习平台、人民网、光明网、澎湃新闻等媒体平台纷纷转载，新时代女性的力量和教育扶贫的意义引发广泛共鸣。

第四节　评析《哪来那么多“表叔”“表哥”》

2018 年 3 月 30 日，《宁波日报》的《明州论坛》专栏刊发易其洋撰写的文字评论《哪来那么多“表叔”“表哥”》[①]，揭露鞭挞遭人痛恨的形式主义之新变种——留痕主义。该新闻作品获得第二十九届中国新闻奖三等奖，它突出体现了作者在以下三个方面的新闻敏感。

一、平时深思有基础，关键节点出论题

撰写《哪来那么多“表叔”“表哥”》时，易其洋已经专职从事新闻评论写作 15 年，一直坚持“走进新闻写评论”的原则。“留痕主义”这个话题，正是他在基层走访和调研时“听来”的。在社区、学校、医院、村镇等地方和采访对象闲聊时，他多次听说，当时基层人员做工作，啥事都要填表格、留“痕迹”等，弄得“表叔”“表哥”到处都是，反而没有时间和精力做实事了。正所谓：“说者无心，听者有意。”新闻评论员的敏感性告诉他，这是一个值得留心和思考的话题。

2018 年 3 月，全国两会召开期间，他每天读报、看手机等，关注全国两会相关报道，发现“留痕主义”多次遭到与会代表或委员批评，突然意识到这

① 易其洋．哪来那么多“表叔”“表哥”［N］．宁波日报，2018-03-30（A5）．

一问题的普遍性和严重性，“忍不住想说”的念头油然而生。因为思虑已久，他收集了不少例证，很快就完成了这篇评论员文章的写作工作。

二、观点例证紧配合，生动鲜活有力度

《哪来那么多“表叔”“表哥”》一文层层论述了“表叔”“表哥”太多的表现形式、严重危害、问题实质、解决办法等，就事论理，事理结合，切中时弊，直指病灶。论述时，易其洋没有“空对空”，也没有泛泛而谈，而是结合平时积累的案例和素材，摹写了“留痕主义”的诸多表现，例证和观点“密切配合”，生动鲜活，富有说服力。

三、引起上下皆重视，引导效果特明显

《哪来那么多“表叔”“表哥”》发表后，深受读者好评，有评报员称赞这篇评论是一篇接地气、有锋芒的评论，体现了党报的担当和胆识；基层干部、高校教师等纷纷推荐和转发，称这篇评论准确、深刻、透彻地说出了大家的心声。《哪来那么多“表叔”“表哥”》被宁波日报报业集团旗下的新媒体平台——“甬派”客户端转载，半天之内阅读量即达 3.7 万人次，有网友跟帖评论：“‘表叔’‘表哥’太多，劳民伤财，真该好好治一治啦。”

根据相关材料，2018 年 10 月初，即该评论发表大约半年后，中共中央办公厅印发《关于统筹规范督查检查考核工作的通知》等坚决纠正重留痕轻实绩等问题的通知；11 月 26 日，习近平总书记指出，重“痕”不重“绩”、留“迹”不留“心”是形式主义、官僚主义，这种状况必须改变；2019 年 3 月，中共中央办公厅印发《关于解决形式主义突出问题为基层减负的通知》，明确提出将 2019 年作为“基层减负年”，其中提出的“四个着力”之一就是“着力解决督查检查考核过多过频、过度留痕的问题”。

可见，《哪来那么多“表叔”“表哥”》这篇新闻评论具有极高的前瞻性、敏锐度和思想性，其中的观点与中共中央和习近平总书记的要求高度吻合，较

好发挥了新闻评论在舆论引导和政策推动上的社会效应。

第五节　评析《明州论坛》专栏

2020年12月19日下午，宁波日报报业集团召开“《明州论坛》思想与学术特色研讨会”暨宁波日报2020年度评论工作座谈会，时任宁波日报报业集团党委书记、宁波日报社社长李浙闽，时任宁波日报报业集团党委副书记、宁波日报社总编辑金波，30多位评论作者，三位高校学者专家，《明州论坛》历年主创人员和编辑代表，以及宁波日报理论评论部人员参加了座谈会。

评论是报纸的灵魂和旗帜。自1980年4月20日创设以来，宁波日报评论专栏《明州论坛》先后18次分获浙江新闻奖一等奖和二等奖，两次分获中国新闻奖二等奖和三等奖。2006年，《明州论坛》在首届浙江省新闻名专栏评选活动中被评为浙江省新闻名专栏。2020年，《明州论坛》获得第三十届中国新闻奖新闻名专栏项目一等奖，实现了宁波日报报业集团纸媒作品在中国新闻奖一等奖方面零的突破。在全国15个副省级城市党报的评论专栏中，获得中国新闻奖新闻名专栏项目的，《明州论坛》是第一个。辉煌业绩凝聚着《明州论坛》专栏40年来的不懈追求和不断创新。

一、认识深刻铸精品

2016年2月19日，习近平总书记在党的新闻舆论工作座谈会上的重要讲话中指出，新闻舆论工作的各个方面和各个环节都要坚持正确舆论导向。作为主流媒体的灵魂和旗帜，党报评论在解放思想中统一思想，在多元价值中确立主导思想，在与公众的交流对话中凝聚共识，发挥着独特而重要的作用。基于这一认识，宁波日报报业集团长期坚持打造新闻精品工程，大力改进完善新闻创优工作机制和激励机制，新闻采编人员积极提高脚力、眼力、脑力和笔力，在加快媒体融合发展的进程中创作出一批批唱响时代强音的优秀新闻作品，受到党委、政府的充分肯定和广大群众一致好评。宁波日报报业集团近年来连续取得突出成就，在全国副省级城市党报集团中处于领先地位。评论专栏《明州论坛》就是宁波日报报业集团高度重视、精心打造的品牌项目，它所刊发的评论当中有180余篇在各级各类评比中获奖，获得省级和全国性奖项90余篇（次）。

二、队伍强盛担重任

习近平总书记在党的新闻舆论工作座谈会上的重要讲话中指出，要加快培养造就一支政治坚定、业务精湛、作风优良、党和人民放心的新闻舆论工作队伍，为加强新闻工作队伍建设、造就新闻人才等指明了方向和路径。宁波日报报业集团积极组建“专职评论员＋兼职评论员”的评论员队伍，长期坚持打造新闻精品工程、大力改进完善新闻创优工作机制和激励机制，通过加强培训、传帮带等途径引导干部职工牢固树立为党立言、为人民发声的职业荣誉感和自豪感，以对党负责、对人民负责的态度，精益求精地写好每一篇评论。

宁波日报报网理论评论部主任、高级编辑易其洋具有强烈的事业心、较高的政治理论素养和业务能力，工作勤奋务实，富有创新精神，他组织、撰写和编辑的评论作品和理论文章多次受到上级肯定和读者好评。易其洋撰写的评论作品、主编的评论专栏曾获得中国新闻奖、浙江新闻奖等。他利用《宁波日报》评论专栏《明州论坛》、中国宁波网《思想》版块的《甬上观潮》和《理论》专栏、“甬派”客户端的《快评》栏目等，努力打造具有宁波特色的报网端一体化理论评论传播格局。

《明州论坛》一直重视作者队伍建设，拥有一支由新闻工作者、机关干部、企业家、学校师生、理论工作者、解放军官兵、公安干警、法律工作者、工人、农民、外来务工者等组成的作者队伍。这支作者队伍素质优良，相对稳定而又不断更新，始终保持二三十人的规模。这些作者多是他们所在领域的行家里手，善于观察，勤于思考，对评论对象和评论内容往往有着独到的见解，他们撰写的评论贴近生活，文风清新，深受读者欢迎，也使《明州论坛》专栏长期保持题材的广泛性、内容的贴近性和风格的多样性。《明州论坛》申报中国新闻奖新闻名专栏项目时提交的代表作之一的作者陈鸣达（笔名“一鸣”），长期在党政部门从事党务工作，自 20 世纪 80 年代起，利用业余时间，结合工作实际，为《明州论坛》撰写评论文章，多次被评为《宁波日报》的优秀评论员。陈鸣达的评论作品富有哲理性和思辨性，深受读者喜爱和好评。

三、选题广泛接地气

《明州论坛》作为群众性评论专栏，题材涉及解放思想、改革开放、发家致富、民企发展、干部作风、党群关系、反腐倡廉、社会公平、法治建设、见义勇为、城市发展、环境保护、文明创建、师德医风、婚姻家庭、生儿育女、尊老爱幼、读书学习、休闲旅游等，重点针对社会生活中读者普遍关心的具有全局性、代表性、倾向性等的事件、问题和现象，反映群众的意见和要求，及时准确、专业权威地加以剖析、阐释、引导等，挖掘根源，点出本质，针砭时弊，激浊扬清，既有深度，又接地气。

四、重大主题巧运作

对一些重大主题，《明州论坛》专栏常常组织系列评论或专题评论，大题小做，化整为零，从不同角度展开议论，既体现民主讨论、平等交流的良好气氛，又把复杂问题论述清楚，例如 1992 年的“闯灯”系列谈、2004 年的“构建和谐社会”大家谈、2013 年的“新春说‘转’”系列谈、2017 年的“新春话‘干’”系列谈、2018 年的“纪念改革开放 40 周年 · 回望与笃行”大家谈等。这些评论，引导社会舆论，反应迅速，观点鲜明，重点突出，分寸得当，多次受到宁波市委宣传部和浙江省新闻出版局的表扬。

《明州论坛》的一大特点是本土化，所刊发的新闻评论多以宁波本市的“新闻”“事体”为由头，选稿尽量坚持“两头在内”——本地人写本地事，至少也要一头在内——或作者是本地的，或由头是本地的，或外地的由头和宁波有关联。多年来，《明州论坛》的本土化程度一直保持在 75% 以上，而且大部分是“独家产品”，有读者亲切地称之为“阿拉宁波人的评论专栏”。

五、历久弥新铸风格

《宁波日报》的历届编委会均对《明州论坛》专栏极为重视，他们除了给政策、出题目、提思路等，还严格把关，勇于挑担，精心育人。几代评论编辑更是孜孜以求，精益求精，始终以促进思想解放和观念转变为抓手，以推动改革开放、经济发展和社会进步为己任，使《明州论坛》形成了鲜明的写作风格：一是“精”，文字简练，论理不繁；二是“实”，就实论虚，理从事出；三是“平”，平等交流，平心静气；四是“活”，语言平实，生动活泼。

六、融合传播增效果

在媒体融合快速发展的当下，每期《明州论坛》专栏文章一经推出，就在中国宁波网、“甬派”客户端等新媒体平台同步上线。这些新媒体平台推送《明州论坛》专栏文章时，非常注重融合传播，尽量把标题、表述等改得符合网友等受众的阅读喜好，有的还配上图片、漫画、表格等，并加强和用户互动，大大提高了传播力和影响力。此外，2018 年，宁波出版社出版了《思考的印痕——精选集》，选编了《明州论坛》专栏于 1980 年至 2016 年刊发的评论作品 376 篇，共 55 万字，留存了一份宝贵的历史资料。

本章作业

1. 撰写一篇新闻评论，并写一篇创作体会文章。

2. 为《形成文明养犬治理共识，刻不容缓》[①] 撰写一篇评析文章。

---

① 新京报评论部. 形成文明养犬治理共识，刻不容缓［N］. 新京报，2023-10-20（A05）.

第十章　报纸副刊作品评析

报纸副刊是报纸上刊登文艺作品或理论文章的固定版面。副刊特征的共性包括新闻性、思想性、针对性等政治倾向性特征，还有文学性、知识性、趣味性、娱乐性、服务性等社会性特征。

第一节　评析杂文《流浪大师，还是“流量大师”？》

杂文是一种直接迅速反映社会事变或动向的文艺性论文，特点是杂而有文，短小锋利，凝重隽永，富于文艺色彩和诗意语言，具有独特的艺术感染力。权威人士认为，在剧烈的社会斗争中，杂文是一种战斗利器。第三十届中国新闻奖三等奖作品《流浪大师，还是“流量大师”？》[①]，杂文特色鲜明，传播效果甚佳。

一、选题重要，论述深刻

《流浪大师，还是“流量大师”？》在“流浪大师”沈巍遭遇各路势力围追堵截之际，进行冷静思考并质疑：他到底是“流浪大师”，还是“流量大师”？这篇杂文分析了沈巍到底是不是“大师”，从他的失意人生和爱读书这

① 冯秋红．流浪大师，还是“流量大师”？［N］．扬子晚报，2019-03-30（A14）．

两方面展开，点出沈巍不过是被神化、被异化、被消费而已。狂热背后的真相在于：追逐“流浪大师”的背后其实是对“流量”的无尽追逐。这一观点，透过现象挖出本质，一语中的，极为深刻。

二、观点鲜明，分析到位

在蓬头垢面的“流浪大师”刷屏自媒体之际，《扬子晚报》记者冯秋红敏锐地观察到这一光怪陆离的都市文化景观，通过对沈巍进行分析、对追逐者的心态抽茧剥丝，挖掘了事情的本质，还原了狂热背后的真相，棒喝流弊，警醒世人，诙谐之中见智慧，别具一格显风骨。《流浪大师，还是“流量大师”？》一文观点鲜明，分析到位，层次分明，文字精辟。业界人士表示：针对热点，作为有深度和有态度的报纸媒体，《扬子晚报》及时审慎发声，拉开了与其他媒体的距离。

三、层次清晰，论述精辟

设问是一种常见的修辞手法，常用于表示强调作用，即：为了强调某部分内容，故意先提出问题，明知故问，自问自答。正确运用设问，引人注意，启发思考；有助于使文章层次分明，结构紧凑；有助于更好地描写人物的思想活动；突出某些内容，使文章波澜起伏，引人入胜。《流浪大师，还是“流量大师”？》一文以设问开头，形象描绘，达到了“不鸣则已，一鸣惊人”的传播效果。

俗话说：“良好的开端，是成功的一半。”《流浪大师，还是“流量大师”？》一文第二段的描写实际上是第一段的延伸深化，可谓复合式开头，统领全篇，精彩巧妙，使其更具说服力和感染力。

流浪大师，还是“流量大师”？这也太荒唐了吧！从网上流出的视频可以看到：人群汹涌，高举手机，围堵在“流浪大师”门口，等待“大师起床”。“大师”终于出现，人群越发亢奋，狂呼大叫声此起彼伏。“大师”有礼貌地与其中一二握手，劝大家散去……场面之疯狂，丝毫不亚于演唱会的追星现场。

各色奇葩人物粉墨登场。有各类网红妹子，围在“大师”身边直播合影的；有穿戴得奇形怪状来跟“大师”交流捡垃圾经验的；有打出旗号要嫁给“大师”并自称“师娘”的；还有人险些表演当众吃垃圾的……简直是群魔乱舞。每当沈巍从住所出来，都有上百位主播高举手机，大喊“大师出来了”“大师给个镜头”“大师说几句”，更有人吆喝着“大师你坐下讲讲国学吧，（大家）赶紧下跪啊”。这种近乎失控的大型作妖场面，简直要让人怀疑自己的眼睛：这是一个有着几千年文明的礼仪之邦吗？

四、照应结尾，令人深思

照应式结尾通常是指，议论文的话题给出后，文章开头提出问题，主体分析问题，结尾呼应开头。照应开头不应是问题提出的重复，而是问题的解决，是整篇文章主题的升华，是客观事实和主观意识的结合体。《流浪大师，还是“流量大师”？》一文照应的并不是问题的解决，反而是问题的发展严重态势，进而让读者在短暂思考之后深入思考问题的现状和本质，紧扣标题，明确主旨，意蕴悠长，给读者留下广阔的思想空间。

围绕“流浪大师”的好戏貌似意犹未尽。虽然这两天“流浪大师”暂住的店铺已开始装修，沈巍已两天未露面，仍然有全国各地的网友络绎不绝慕名赶来。某些自媒体在编造“流浪大师”传奇身世之后，又设计包装出“私生子红衣哥”“网红路人奶奶”……无下限的操作，使得这光怪陆离的都市景观，呈现出魔幻现实主义的斑斓色彩，荒诞之极，却也丑陋之至。

五、反响强烈，效果甚佳

《流浪大师，还是“流量大师”？》一文诙谐中见智慧，在云淡风轻中巧妙传递生活智慧和做人规范，以小见大，别具一格。该作品见诸报端后，扬子晚报社旗下的“紫牛新闻”客户端同步推出该作品，光明网、人民网、新华报业网等新媒体平台纷纷转载，引发热烈反响，取得了良好的传播效果。

本节作业

撰写一篇杂文，并撰写一篇创作体会文章。

第二节　评析散文《走，看天鹅去》

散文是一种抒发作者真情实感、写作方式灵活的记叙类文学体裁，是“文学树”上的一朵瑰丽绚烂的奇葩。它内容丰富，风格多样，表达方法又不拘一格，可以叙事，可以抒情，可以议论，也可以唱和。报纸的文艺副刊是一块发表散文的不可或缺的园地，上面刊发的散文作品和其他书刊上的散文作品有着明显不同的特征。归纳起来，报纸副刊散文具有新闻特征、纪实特征、地域特征、短小精练等基本特征。2022 年 3 月 21 日，《人民日报》刊发散文《走，看天鹅去》①。这篇散文除了具有散文的基本特征，还具有如下突出特点。

一、主题重大，赞美丰富

2005 年 8 月 15 日，时任浙江省委书记的习近平同志在浙江省湖州市安吉市天荒坪镇余村考察时讲道：“我们过去讲，既要绿水青山，又要金山银山。其实，绿水青山就是金山银山。”这是习近平同志首次提出“绿水青山就

---

① 车承金．走，看天鹅去［N］．人民日报，2022-03-21（20）．

是金山银山”这一科学论断。2006 年，习近平同志进一步总结了人类认识的三个阶段：第一个阶段是“用绿水青山去换金山银山”；第二个阶段是“既要金山银山，但是也要保住绿水青山”；第三个阶段是“绿水青山本身就是金山银山”。党的十八大以来，习近平总书记从战略高度更加重视生态文明建设。2013 年 9 月 7 日，习近平主席在哈萨克斯坦纳扎尔巴耶夫大学发表题为《弘扬人民友谊　共创美好未来》的重要演讲，并在回答关于环境保护的学生提问时指出：“我们既要绿水青山，也要金山银山。宁要绿水青山，不要金山银山，而且绿水青山就是金山银山。”党的十九大把“绿水青山就是金山银山”的理念写入《中国共产党章程》，成为生态文明建设的行动指南。2021 年 10 月 12 日，习近平主席在《生物多样性公约》第十五次缔约方大会领导人峰会视频讲话中提出：“绿水青山就是金山银山。……我们要加快形成绿色发展方式，促进经济发展和环境保护双赢，构建经济与环境协同共进的地球家园。”

《走，看天鹅去》讲述辽宁省朝阳市喀喇沁左翼蒙古族自治县的龙源湖经过污水治理、净化水质等引来每年冬天迁徙到其他地方的天鹅留下来“常住”的故事，以小见大地展现了“绿水青山就是金山银山”的理论内涵，具有主题重大、内涵丰富等特点。标题是这篇散文的“文眼”，给读者以诸多遐想和期盼，言有尽而意无穷。

二、善用对比，助力主题

对比手法因具有“不比不知道，一比吓一跳”的艺术魅力而被各种传播载体而广泛运用。高尔基说：“为了获得更大的说服力，必须把所拥护的思想和反对的思想对立起来。”这句话道出了对比手法非同一般的修辞作用。

《走，看天鹅去》通过引用当地人的话语，以对比手法讲述了辽宁省朝阳市喀喇沁左翼蒙古族自治县的龙源湖生态环境的变化对天鹅迁居状态的影响，具有权威性、真实性和生动性，起到了助力主题、增强表达效果的作用。

前些年，辽宁喀喇沁左翼蒙古族自治县的龙源湖，只是天鹅的一个歇脚点，它们停一停，住个十天二十天，养足了精神，又继续前行，去适合生存的地方生活。前年，天鹅来了，十天过去了，二十天过去了，最寒冷的冬天过去了，它们还没有走，留在这里过冬了。今年，是天鹅来龙源湖过冬的第三个年头。

三、语言优美，沁人心脾

散文力求写景如在眼前，写情沁人心脾。对散文来说，语言非常重要。好的散文一定要语言优美凝练。所谓优美，就是指散文语言清新明丽，生动活泼，富有音乐感，行文如涓涓流水，叮咚有声，如娓娓而谈，情真意切；所谓凝练，就是指散文语言简洁质朴，自然流畅，寥寥数语即可描绘生动形象，勾勒动人场景，营造深远意境，等等。

《走，看天鹅去》一文语言优美凝练，将天鹅群戏水的场景写得生动形象，活灵活现，惹人喜爱，展露了作者深厚的文学功底和写作功底。

远处的那四只天鹅，向前伸着长颈，贴着水面飞翔，姿态优美。近处，有几只天鹅悠闲地游向南岸，落在后面的两只却不着急，头一低钻进了水里，随后又钻了出来，拍打着身上的水；还有几只天鹅站在水中，昂首挺胸，打开翅膀，白“鹅”亮翅。

该作品以一句抒情议论的话结尾，画龙点睛，深化主题，发人深思。

是啊，拥有美好的栖息地，是人类与鸟儿的共同梦想！

本节作业

撰写一篇散文，并撰写一篇创作体会文章。

第三节　评析报告文学《活在表格里的牛》

2019 年 11 月 13 日，《中国青年报》副刊《冰点周刊》刊发文学报告《活在表格里的牛》[①]。2020 年 11 月 2 日，第三十届中国新闻奖评选结果揭晓，该作品荣获第三十届中国新闻奖副刊作品项目一等奖。2020 年 11 月 18 日，《光明日报》刊发记者肖人夫和张青对《活在表格里的牛》作者李强的专访文章《“给历史留一份底稿”——专访第三十届中国新闻奖一等奖〈活在表格里的牛〉作者李强》[②]，探讨了相关问题，令人深受启发。

一、主题重大

贫困是人类社会的顽疾，阻碍社会进步和发展。消除贫困，自古以来就是人类社会孜孜以求的良好愿景。自成立之日起，中国共产党就把“让人民过上好日子”作为矢志不移的奋斗目标，并为此进行了长期艰苦卓绝的斗争。新中国成立以来，特别是改革开放以来，我们党带领人民持续向贫困宣战，着力解放和发展社会生产力，着力保障和改善民生，取得了前所未有的伟大成就。党的十八大以来，以习近平同志为核心的党中央坚持以人民为中心的发展思想，把绝对贫困人口全部脱贫作为全面建成小康社会、实现第一个百年奋斗目

① 李强．活在表格里的牛［N］．中国青年报，2019-11-13（5）．

② 肖人夫，张青．“给历史留一份底稿”：专访第三十届中国新闻奖一等奖《活在表格里的牛》作者李强［N］．光明日报，2020-11-18（14）．

标的底线任务和标志性指标，将脱贫攻坚纳入“五位一体”总体布局[①]和“四个全面”战略布局[②]，以更大决心、更精准思路和更有力措施，采取超常举措，实施精准扶贫方略[③]，把人民对美好生活的向往作为奋斗目标，攻坚克难，砥砺前行，全面建成小康社会取得了历史性成就。2021 年 7 月 1 日，习近平总书记在庆祝中国共产党成立 100 周年大会上的重要讲话中庄严宣布：“在这里，我代表党和人民庄严宣告，经过全党全国各族人民持续奋斗，我们实现了第一个百年奋斗目标，在中华大地上全面建成了小康社会，历史性地解决了绝对贫困问题，正在意气风发向着全面建成社会主义现代化强国的第二个百年奋斗目标迈进。”[④]脱贫攻坚战的全面胜利是中华民族发展史、社会主义发展史和人类社会发展史上的伟大壮举，对推动中国减贫事业和世界减贫进程均具有重大的历史意义。

但在脱贫攻坚关键时期，部分地区的脱贫攻坚工作也出现了一些问题，例如形式主义、数字造假、存在“等要靠”思想等。《活在表格里的牛》选取“表格牛”这一题材，主题重大，及时回应时代课题，对遏止精准扶贫工作中

---

① “五位一体”总体布局是指经济建设、政治建设、文化建设、社会建设和生态文明建设五位一体，全面推进。党的十八大站在历史和全局的战略高度，对推进新时代“五位一体”总体布局作出全面部署。从经济、政治、文化、社会和生态文明五个方面，制定了新时代统筹推进“五位一体”总体布局的战略目标。

② 党的十八大以来，以习近平同志为核心的党中央从坚持和发展中国特色社会主义全局出发，提出并形成了全面建成小康社会、全面深化改革、全面依法治国和全面从严治党的战略布局。

③ 中国在脱贫攻坚实践中，积极借鉴国际经验，紧密结合中国实际，创造性地提出并实施精准扶贫方略，做到“扶持对象精准”“项目安排精准”“资金使用精准”“措施到户精准”“因村派人精准”“脱贫成效精准”等“六个精准”，实施“发展生产脱贫一批”“易地搬迁脱贫一批”“生态补偿脱贫一批”“发展教育脱贫一批”“社会保障兜底一批”等“五个一批”，解决“扶持谁”“谁来扶”“怎么扶”“如何退”“如何稳”等“五个问题”，增强脱贫攻坚的目标针对性，提升脱贫攻坚的整体效能。

④ 习近平：在庆祝中国共产党成立 100 周年大会上的讲话［EB/OL］.（2021-07-15）［2023-10-18］. https://www.gov.cn/xinwen/2021-07/15/content_5625254.htm.

存在的数字造假等不正之风、真正以实事求是的精神决战脱贫攻坚等具有很强的警示意义。

二、采访深入

实事求是是新闻工作的根本出发点。这也是新闻工作者必须遵守的职业道德规范。实事求是要求新闻工作者必须以事实为出发点，挖掘真实材料，以保证自身采写的新闻具有公开性、针对性、时效性、准确性、真实性等五大特质。

西海固[①]是革命老区、贫困山区和少数民族聚居区，国家确定的14个集中连片特困地区之一，也是宁夏脱贫攻坚的主战场和核心区。中国青年报·中国青年网见习记者李强在西海固采访时，偶然间了解到当地老百姓反映贫困户通过借牛套取扶贫资金的问题。确定这一新闻选题后，他两赴西海固，想尽办法通过与村民闲聊、寻找共同话题、挨家挨户走访等找到采访契机，历时20多天，走访近百人，目睹当地“借牛骗补”的现象，通过敏锐观察捕捉了大量生动细节，深入挖掘了这一现象背后的动因和真相，最终采写完成报告文学《活在表格里的牛》，以翔实证据揭示了挖掘现象背后的真相这一链条，对“数字脱贫”等荒腔走板现象提出批评，并以同一地区养牛致富的案例与之进行了对比。

三、写法灵活

报告文学具有三个基本特征：新闻性、文学性和政论性。新闻性是指报告文学具有新闻报道的特点，不仅具备及时性，而且具备新闻报道意义上的真实性，这是报告文学最基本的特点。文学性是指报告文学在既不虚构又不夸张的前提下对大量材料进行巧妙概括和提炼，运用形象语言、精巧结构等，甚至

---

① 西海固，宁夏回族自治区南部山区的代称。

适当运用曲折情节，采用各种文学艺术手法反映社会上的人物和事件。文学性是报告文学的显著特征，但不是报告文学的本质特征。政论性是报告文学的灵魂，是报告文学的水平和价值的决定性因素。报告文学实际上是一种强有力的特殊宣传工具，以明显的社会作用为目的，强烈体现时代精神，把具体事实放在全局中衡量，反映当代人民的意志、愿望和要求。

相比于简单地写出西海固“借牛骗补”的现象，把这种现象背后附着的骗补链条，以及哪些环节出现了问题，为什么出现问题搞清楚更重要。报告文学《活在表格里的牛》以报告文学独特优势，“一竿子戳到底”，呈现了一条完整的证据链。这篇报告文学犹如侦探小说般抽丝剥茧，辅以大量细节描写，灵活运用田间地头语言，非常自然地在描述中加入了作者的观点，顺理成章地抒发了作者的情感，生动有力地表现了人物形象，发人深省地呈现了重大问题和复杂人性，既有报告文学的生动表达，又有舆论监督的锐度和思想力度。

四、按语给力

按语就是写在文章或新闻报道前面的话。编者按即编者按语，是一种依附于文章或新闻报道画龙点睛式的简短的编者评论，是报刊、通讯社、广播、电视等新闻传播媒介的编者专用的对新闻稿件所加的评价、批注、建议或说明性文字，也是新闻媒介的编者最常用的一种发言方式。按语有时和编者按语同义，言简意深，起到画龙点睛的作用。新闻媒介的编者既可以针对新闻报道中的观点或新闻材料表达编辑部的意见，又可以提示要点并借题发挥。加编者按是一种特殊的编辑任务。

以下两种情况应加编者按：第一，文章或新闻报道反映新事物、新问题、新经验、新见解等，体现了党和国家的最新政策精神，但仍未完全为人们所认知，需要编者加以引导。第二，具有普遍指导意义的文章或新闻报道，需要向读者推荐或说明，提请读者注意，以扩大宣传效果。显然，《活在表格里的牛》一文兼具上述两种情况。在编者按中，编辑和记者经过无数次沟通和无数次打磨，以言简意赅的语言点出了西海固地区在消除绝对贫困过程中普遍存在的“借牛骗补”怪事及其对比案例、党和国家关于脱贫攻坚的最新指示批示精神等，于行文中自然表述自身的观点，最后引用习近平总书记所讲“幸福是奋斗出来的”作为评语，生动有力，值得借鉴。

这是宁夏西海固地区一个不起眼的地方发生的怪事，令我们有“如鲠在喉”之感。

村里少数人家，虚报冒领了扶贫款项——国家投资扶持养牛的“好经”被念歪了。这些人不是不明白道理——“反正套的也是国家的钱嘛”，我们的记者听到这样的说法，感到心疼。

世界上人口最多的国家费了九牛二虎之力，要实现消除绝对贫困的目标。按照预计，到 2019 年年底，全国 95% 左右现行标准的贫困人口将实现脱贫。这个目标的实现过程中，有无数人不舍昼夜的拼搏奋斗。

脱贫攻坚以来，根据通报，一些地方存在“数字脱贫”、扶贫资金违纪违规使用等问题。中央开展过专项巡视，国务院扶贫办也曾专门委托媒体暗访，以了解相关问题。

就在同一个村庄，我们的记者也见到了这样的人家：原本家境贫困，在扶贫资金支持下，不等不靠不要，牛棚越来越满，家底越来越厚。

同一个起跑线，跑向不同的终点，这很大程度上取决于人的内心：有人信奉“借牛”比养牛容易、挣钱比“套钱”麻烦，也有人相信这一点：幸福是奋斗出来的。

五、效果突出

传播效果是指传播对人的行为产生的有效结果，具体指受众接收信息后在认知、情感、态度、行为等方面发生的变化，通常意味着相关传播活动在多大程度上实现了传播者的意图或目的。

《活在表格里的牛》发表后，“表格牛”现象引起广泛关注，国务院扶贫开发领导小组办公室[①]通过政务号表态：“把‘活在表格里的扶贫牛’牵出来。”该新闻作品见报当日，宁夏回族自治区固原市委、市政府紧急召开专题会议，通报该新闻作品报道的相关情况，开展专项排查，并指出：“舆论监督是推进工作落实的重要方式。”

《活在表格里的牛》一文选题重大，采写扎实，既有报告文学植根现实的厚度，也有舆论监督的锐度，在集报纸、网站、手机报、阅读终端等渠道为一体的中国青年报社多媒体传播平台的浏览量超过100万人次，被381家网络媒体转发，《文摘报》等报纸大幅摘编，甚至还有媒体将其制成音频节目，取得了良好的传播效果。

本节作业

1. 采写一篇报告文学，并写一篇创作体会文章。

2. 评析《“给历史留一份底稿”——专访第三十届中国新闻奖一等奖〈活在表格里的牛〉作者李强》。

① 国务院扶贫开发领导小组办公室，是国务院的议事协调机构“国务院扶贫开发领导小组”的日常工作部门，续存时间为1993年12月28日至2021年2月25日，由农业农村部管理国家乡村振兴局取代。

第十一章 报纸版面评析

中国新闻奖的评奖项目中设有“新闻编排”一项。这实际上就是传统说法中的报纸版面编排，亦称报纸排版、版面设计等。报纸版面编排是指将图文内容按照一定规范而合理编排在报纸版面上。形象地说，版面是一张脸，标题是一双眼。好的报纸版面会直接激发读者的阅读兴趣，使他们能够在美好的形式氛围中浏览丰富多样的信息报道。如果报纸版面编排不规范、不美观、不和谐、不便于阅读等，会直接影响报纸刊登的新闻报道的传播效果，从而降低整份报纸的可读性和传播力。

第一节 报纸版面的基本概念和排版要求

报纸版面编排是指将图片、符号、语言等结构元素融为一体，是一种观察、编排、组合等的思维过程。报纸版面编排是平面设计的重要构成部分。好的报纸版面编排不仅可以提升新闻报道的传播效果，提高报纸销量，创造更多经济效益，更是提升报纸品牌形象的催化剂，为报纸带来良好的口碑和社会效益。

一、报纸版面的基本概念和构成要素

报纸版面是各类稿件在报纸上编排布局的整体产物，是各类稿件内容的

整体表现形式，是读者第一接触的对象。美观的报纸版面能够让读者产生良好的第一印象，提高报纸影响力。

报纸版面的构成要素主要包括：①开张。开张指的是报纸版面面积的大小，通常以整张新闻纸裁成若干等份的数目作为标准来标明报纸版面面积的大小。传统对开报一般占整张新闻纸的 1/2，四开报一般占整张新闻纸的 1/4。②版序。版序是指报纸版面各个版的顺序。版序可分自然版序和版序。自然版序表示各个版的先后顺序。在版面较多的情况下，自然版序有两种形式：第一种是每张报纸单独折叠，各张相接来排列顺序；第二种是各张报纸重合折叠，依次排列顺序。版序表示各个版重要程度的顺序，主要依据读者的阅读习惯来确定，是表现报纸强势的一个因素。一般来说，在报纸的若干版中，要闻版是最重要的，里页或右边的版往往比左边的版重要。③版心。版心是指报纸版面上容纳作品主体图文的部分，是版面内容的主体。版心是报纸版面编排的核心，决定了视觉的平衡信息的传达效果。版心之外的区域并非绝对空白，通常印有一些文字。④报头。是报纸上面标出报名、期数等的部分，通常位于第一版的上端。横排报纸的报头大多在上端偏左，竖排报纸的报头大多在上端偏右，也有把报头放在上端正中的。⑤报眼。报眼又称报耳，是报纸的重要组成部分，通常位于横排报纸报头一侧。报眼的大小和内容安排没有固定规则。⑥报线。报线是指报纸版心的边线。多数报纸只有上端的边线，宽度与版心相同，被称为天线或眉线；只有最后一版既有天线，又有地线（底端的边线）。⑦报眉。报眉是指报纸天线上方所印的文字，主要作用是帮助读者快速检索信息。⑧中缝。中缝是指一张报纸相邻两个版面之间的狭长部分，有的报纸在这里刊登广告、启事或某些资料。⑨头条。头条是指以横排报纸左上方、竖排报纸右上方的重要位置刊登的最重要的稿件。⑩通版。通版是指打通报纸上同一面上相邻的两个版而形成的版，通常用于报道重大事件和重大新闻。

二、报纸版面编排的规范化

各家报纸的组版编辑不仅要懂新闻采写、稿件选编等，而且要懂得报纸的整个生产过程，即：安排各类稿件，修改审定各版标题，设计划版，美化版面，调整版面与稿件，审改大样，检查付印，直至看到第一张报纸。

组版编辑在编排报纸版面的过程中，必须形成良好的版面风格、合理的版式规范和高效的组版规程。具体规范如下：

第一，进行版面设计时，组版编辑必须周密考虑每篇稿件在报纸版面上的位置。整份报纸既要主题鲜明，又要主次分明；既要突出中心，又要形成消息、评论、通讯、专栏文章等相互呼应，各得其所；既要保持足够的信息量，又要体现报道意图，引导读者依照版面安排进行阅读。

第二，组版编辑在编排文字稿件时，要运用多种走文形式进行划版，使版式结构中的块状形态富于变化，同时也要注意版面形块分割合理美观。

第三，组版编辑在编排新闻标题时，要力求做到题文相符，简洁美观，标题中的主题、肩题、副题等的字号大小依次可以相差三档左右。

第四，要根据新闻作品的类型、图片本身包含的信息、图片和文稿的主次关系、图片和整个版面的协调情况等，合理设计图片的尺寸，以框或线加以点缀。

第五，用字要规范。一般情况下，每家报纸都有各自固定的字号和字体来编排新闻报道的正文内容，评论、按语、图题等用活体字，作者署名、文章标题、讯头、讯尾、记者和通讯员姓名等均按需要和习惯采用统一的字体和字号。

报纸版面可以评析的内容非常宽泛，评析者往往会抓住主要问题加以评析。

第二节　评析《聚焦 2018 全国两会》

2019 年 11 月 1 日，第二十九届中国新闻奖评选结果揭晓，《重庆日报》

选送的专栏《聚焦 2018 全国两会》（2018 年 3 月 12 日第 6 版至第 7 版，见图 11-1）获得本届中国新闻奖新闻版面项目二等奖。

推动重庆各项事业沿着总书记指引的方向奋力前行
聚焦2018全国两会
京渝联动
红叶、脆李、榨菜、龙眼、荔枝
总书记提到的这些“重庆宝贝”已成为群众致富的“摇钱树”
关键词：巫山红叶、巫山脆李
旅游发展让山窝窝变成了“金窝窝”
巫山加快建成渝东综合交通枢纽
20万亩巫山脆李带动村民脱贫致富
巫山将打造乡村休闲体验区和脆李发展观光区
关键词：龙眼、荔枝、榨菜
“果树刚开花就有人预约采摘了”
涪陵区要打造精品水果品牌
涪陵榨菜是食品，更是乡愁
中国唯一榨菜博物馆今年开建

图 11-1　2018 年 3 月 12 日的《重庆日报》第 6 版至第 7 版通版版面

重庆日报报业集团 2018 全国两会报道小组根据习近平总书记在全国两会期间参加重庆代表团审议时提到的“重庆宝贝”（重庆特产 ）迅速做出反应，图文并茂地组织版面，策划思路明晰而有新意，内容拆分和组合简洁大气，图片摆放和色彩搭配精致协调。

一、领悟新闻事实，精心实施报道

新闻报道策划，是新闻编辑为使某些报道选题达到预期传播效果，对新闻报道活动进行规划和设计，并且在报道实施过程中不断接受反馈，修正原先的规划和设计的行为。

2018 年 3 月 10 日，全国两会期间，习近平总书记参加重庆代表团审议并发表重要讲话，为重庆各项事业发展指明了前进方向，提供了根本遵循。习近平总书记的重要讲话新闻价值极大，备受全重庆市干部群众的关注。

重庆日报报业集团 2018 全国两会报道小组当即联动前方后方，迅速策划报道方案，决定对习近平总书记重要讲话中提到的红叶、脆李、榨菜、龙眼、荔枝等“重庆宝贝”（重庆特产）背后的故事进行挖掘。3 月 12 日，《重庆日报》以一个通版的篇幅，以“京渝连线”的形式，浓墨重彩地报道了习近平总书记参加重庆代表团审议时提到的“重庆宝贝”的产业发展情况。

按照重庆日报报业集团 2018 全国两会报道小组的策划思路，重庆日报报业集团记者于 3 月 11 日白天奔赴巫山、涪陵等地进行采访；《重庆日报》值班领导对版面制作人员做出工作安排。当天晚上 10 点多，记者采写的稿件传到了《重庆日报》的夜班编辑团队手中。值班领导审读该稿件后，对版面制作提出了具体要求：抓紧时间，提高效率，文字编辑精细修改稿件的同时，图片编辑按照稿件内容精心挑选图片，美术编辑设计几套版式方案以供选择。该团队凭借极强的责任意识和合作意识，从选图到版式，从稿件修改到拆分，均精心设计，精巧编排，精细打磨。该版面刊登的新闻报道《总书记提到的这些“重庆宝贝”已成为群众致富的“摇钱树”》①，内容丰富，版面精致，吸引眼球。

二、坚持“内容为王”，精心修改作品

在全媒体时代，舆论生态、媒体格局、传播方式等均发生了重大变化，但“内容为王”依然是亘古不变的黄金法则。版面《聚焦 2018 全国两会》的整个报道团队坚持“内容为王”理念，力求向广大受众提供权威、专业、多元而又有深度的内容。文字编辑按照准确、生动、醒目等原则，对红叶、脆李、榨菜、龙眼、荔枝等“重庆宝贝”的背后故事和发展情况进行拆分重组，精细

① 雷太勇，李波，逯德忠，等. 总书记提到的这些“重庆宝贝”已成为群众致富的“摇钱树”［N］. 重庆日报，2018-03-12（6-7）.

拟定了主标题和各部分的大小标题。就稿件中的具体时间、地点、人物、数据等，他们多次通过电话和记者进行沟通，逐一加以核实。同时，他们还查阅《重庆日报》此前刊发的相关报道，对记者没有采写或无法核实的内容加以补充完善。

三、报道形式多样，满足受众需要

（一）新闻摄影作品

新闻摄影作品是“照片 + 文字”的报道形式，具有形象生动、内容丰富等特点。从图 11-1 可以看出，《重庆日报》的版面《聚焦 2018 全国两会》刊发的三张图片，位置居中，形象生动，形成非常吸睛的看点。

第一张图片是林木群山夹一江，一叶扁舟泛江上的风景图片，图题是“长江三峡巫峡北岸的文峰红叶景区。通讯员　王忠虎　摄”。“青山绿水就是金山银山”的主题跃然纸上，弥漫眼帘。

第二张图片的图题是“近年来，巫山县努力调整产业结构，科学制定发展规划，坚定不移走规模化、规范化、专业化道路，将巫山脆李这一传统产业做大盘强，提档升级。目前，该县脆李种植规模已达到 20 万亩，产量达到 6 万吨，综合产值突破 6 亿元。通讯员　王忠虎　摄”。这张图片描绘的场景是，满脸丰收喜悦的人民群众正在售卖自家出产的农产品，近景是一篮篮令人垂涎欲滴的绿色脆李，真实生动，惹人喜爱。

第三张图片是摄像记者以仰摄镜头拍摄的图片，图题是“2 月 5 日，涪陵区马武镇民协村，村民正在将青菜头上架进行‘风脱水’。春节长假后，当地菜农抢抓时节收获青菜头，准备制作传统手工榨菜。通讯员　李辉　摄”。在这张图片中，两位菜农在木梯上，其中一人面对镜头，喜笑颜开；另一人背对镜头，正忙碌传递着青菜头。整张图片既令人欢欣鼓舞，又让人有些担忧他们的安全问题。

（二）文字报道作品

1. 深度呈现

新闻工作者可以借助新闻背景为新闻报道注入知识性和趣味性内涵，使新闻报道更具可读性。《重庆日报》的版面《聚焦 2018 全国两会》刊发的文字通讯《总书记提到的这些“重庆宝贝”已成为群众致富的“摇钱树”》实际上是由两篇深度报道组成的组合报道，前面专门设置“核心提示”，非常巧妙地展示了新闻背景，增强了报道的可读性和趣味性。

在内容方面，《总书记提到的这些“重庆宝贝”已成为群众致富的“摇钱树”》特别注重报道事实的前后延伸，两篇短小精悍的深度报道均包括“关键词”“现场回放”“新闻故事”“新闻延伸”等内容，而前延伸是“现场回放”，后延伸是“新闻延伸”。这是深度报道的精湛表达，充分体现相关采编写人员高超的选题策划能力、组合思维能力、稿件编辑加工能力等，非常值得学习借鉴。

2. 艺术表达

新闻事实的表达艺术涉及范围比较宽泛。发现选题、选择报道角度、开展采访活动、新闻报道采写编等生产环节均具有极强的艺术性。例如，简笔写好场景。时空、人物和事件是新闻不可或缺的要素，而场景往往将各个新闻要素联结起来，使它们变得具体可感。塑造形象在新闻报道中作用不可小觑，而场景描述是其中的一个重要因素。新闻记者不仅要深入现场，充分调动视觉、听觉、嗅觉、味觉、触觉等 5 种感官系统，全方位感受场景的立体变幻，还要把场景信息呈现给读者，增强现场感，让读者如同身临其境。

组合报道《总书记提到的这些“重庆宝贝”已成为群众致富的“摇钱树”》不仅版面图文并茂，大气清爽，呈现效果较好，而且文字通讯稿的场景描绘表述准确，语句简洁，层次清晰，逻辑严密。文字通讯稿以提取关键词的方式展开，故事性强，结构清晰，主题突出。

四、立足打造精品，匠心制作版面

报纸天天出，好版面却不常有。《总书记提到的这些“重庆宝贝”已成为群众致富的“摇钱树”》的版面编排体现了采写编排团队群策群力的鲜明特色。当初为了做好这个版面，《重庆日报》夜班编辑团队在时间紧张的情况下，通力合作，值班领导精心策划，文字编辑悉心修改，美术编辑匠心编排，每个人都用心用情用力，确保了该版面出新出色出彩。

文字编辑修改稿件时，美术编辑同步开始设计版面，将记者采写的文稿和拍摄的图片进行编排，设计了三种不同的版式：第一种是几张图片并排放在主标题下方，再编排文字稿件；第二种是几张图片随着文字稿件“走”，分别排在每个故事的开头位置；第三种是两边编排文字稿件，中间放置几张图片。

三种版式出来后，值班领导召集夜班编辑团队进行探讨。大家一致认为，第三种版式结构合理，层次分明，大气清爽，只是要注意选图时不必面面俱到，而是要做到少而精，少而美，突出重点，画龙点睛。

文字编辑修改大样的同时，美术编辑精益求精，用色块、线条、箭头等视觉符号对大小标题、栏目、字体等进行美化，丰富了版面的视觉元素，确保了版面整体协调，细节完美。

夜班编辑团队凭借自身的精品意识和工匠精神，一丝不苟地对《总书记提到的这些“重庆宝贝”已成为群众致富的“摇钱树”》进行精雕细琢，通力合作制作了导向正确、中心突出、简洁大方的版面。该版面三张图片位置居中，文字报道均匀对称地分居两侧，大标题突出显眼地居于版面左上方，整体风格如同一幢厚重建筑一般四平八稳，壮观气派，党报特色十分鲜明。

第三节　简评《开路先锋》

2020 年 12 月 28 日，《河北日报》第 2 版和第 3 版以通版形式刊发《聚焦京雄城际铁路全线开通运营》特别报道之《开路先锋》[①]（见图 11-2）。

2021 年 9 月 23 日，第三十一届中国新闻奖评选结果揭晓，《开路先锋》获得本届中国新闻奖新闻版面项目三等奖。

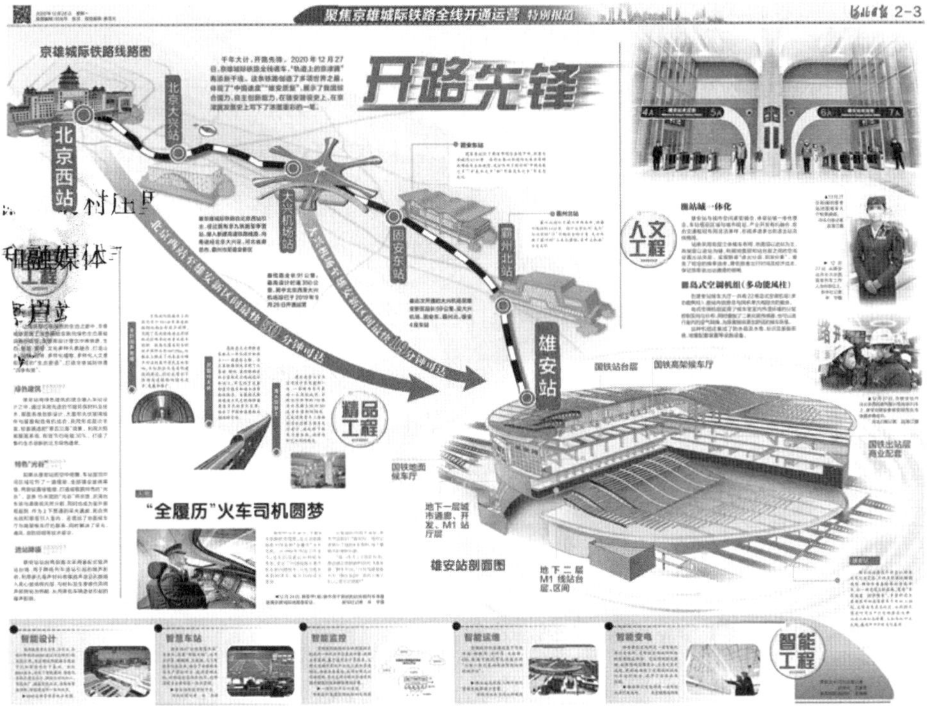
聚焦京雄城际铁路全线开通运营 特别报道
河北日报 2-3
开路先锋
京雄城际铁路线路图
北京西站
北京大兴站
大兴机场站
固安东站
霸州北站
雄安站
精品工程
人文工程
“全履历”火车司机圆梦
国铁站台层
国铁高架候车厅
国铁地面候车厅
地下一层城市通廊、开发、M1站厅层
地下二层M1线站台层、区间
雄安站剖面图
国铁出站层商业配套
智能设计
智慧车站
智能监控
智能运维
智能变电
智能工程

图 11-2　2020 年 12 月 28 日的《河北日报》专栏《开路先锋》第 2 版至第 3 版通版版面

一、题材重大，精心制作

千年大计，交通先行。2020 年 12 月 27 日，京雄城际铁路全线通车。作为雄安新区首个重大交通基础设施建设项目，这条铁路创造了多项世界纪录，展现了“中国速度”和“雄安质量”，展现了我国的自主创新能力，在雄安建设史和京津冀发展史上写下了浓墨重彩的一笔。

① 张灵，时兆华，展茂光．开路先锋［N］．河北日报，2020-12-28（2-3）．

对这一重大新闻事件，《河北日报》高度重视，提前谋划，尽锐出战。主创人员张灵、时兆华和展茂光不负众望，抓住这个重大新闻题材，精心制作，推出《聚焦京雄城际铁路全线开通运营》特别报道之《开路先锋》。

二、设计独特，内容丰富

《开路先锋》的新闻版面打破常规，采用通版设计，以京雄城际铁路的始发站北京西站至终点站雄安站的线路图从左上方至右下方斜向贯通，作为视觉中心和版面主体。在这条路线图上，京雄城际铁路沿线各站分别以车站名和车站主建筑图片标出，以雄安站的结构剖面图为主图，对该站结构进行立体化展示，一目了然。在此基础上，该版面设置“绿色工程”“精品工程”“人文工程”“智能工程”等四部分，配以12张图片，十分精准地对京雄城际铁路进行了可视化解读。该版面内容丰富，主题突出，设计精美，图文并茂，气势磅礴，与“开路先锋”这一主题相得益彰，充分体现了党报版面的风格，是一个新闻版面精品。

三、疏密有致，清澈淡雅

版面整体布局有稀疏浅淡处，也有茂密浓重处，疏密有致，很有情趣。同时，该版面以天蓝色为主色调，鲜艳靓丽的中国红耀眼其间，很有独特韵味，令人回味悠长。“开路先锋”4个大字构成高铁列车风驰电掣之状，彰显了主题。

总之，该版面设计打破常规，以铁路线路示意图斜贯，将沿线标志性元素串联在一起，文图并茂，气势不凡，从侧面表达了雄安新区建设的重大主题，充分体现了党报版面特色，是一个优秀的新闻版面精品。

四、多路传播，赢得赞誉

《开路先锋》的报纸版面制作完成后，河北日报报业集团旗下的河北新闻网、“河北日报”微信公众号、“河北日报”客户端等全媒体各平台第一时间制作符合本平台发布的版面形式，与报纸同步推出。其中，河北新闻网的点击量和阅读量几个小时内就突破 1 万人次。2020 年 12 月 28 日当天，有多家河北省内媒体和自媒体公众号对该版面进行转发。读者纷纷留言，称赞报道内容和版面形式，给予高度评价。

本章作业

1. 思考报纸版面的构成要素和风格主要有哪些。
2. 自选一个报纸版面，撰写一篇评析文章。

第十二章　广播新闻作品评析

广播新闻是以广播为传播手段传送声音的新闻报道。它有广义和狭义之分。广义的广播新闻指广播消息、广播通讯、广播特写、广播专访、广播评论等所有新闻性稿件。狭义的广播新闻专指广播消息，与报纸消息类似。

广播新闻可以分为口播新闻和录音新闻两种形式。其中，口播新闻是指记者写好稿子由播音员播出的新闻，是消息、通讯等新闻体裁在广播新闻中普遍运用的形式。采写口播新闻稿，记者要根据口播新闻的特点，从纷繁复杂的事物联系中找出一条主线，提取最重要的新鲜事；同时，记者要多使用发音响亮的字词，讲求节奏感，使口播新闻稿具有顺口、顺耳、顺心等广播语言特色。录音新闻由文字新闻演变而来，简短精悍，迅速及时，结构上同文字新闻相差无几，一般有导语、主题、结尾等，背景材料可有可无。采写录音新闻时，记者可以按照以简单为好的原则来安排结构，例如按照新闻事件的时间顺序或逻辑关系来安排结构；同时，记者要注意自己的解说、描述等同音响有机结合。

广播新闻报道者要尽可能选择那些适合用声音来表现、能够透过音响直抵心灵的故事，以声动人，以情感人，讲好中国故事，更要讲中国好故事。

第一节　评析广播评论《如此“满意”失民意，“人民至上”怎落地?!》

广播评论《如此“满意”失民意，“人民至上”怎落地?!》的原创单位和刊播单位均为北京广播电视台，作者是姚柏言，编辑是姚柏言和刘芳，刊播时间为2021年12月26日22时12分，时长为11分钟。

2022年9月23日，第三十二届中国新闻奖评选结果揭晓，广播评论《如此“满意”失民意，“人民至上”怎落地?!》获得本届中国新闻奖评论（广播）项目二等奖。

一、选题重要，一碰就响

新闻评论是媒体编辑部或作者就新近发生的有价值的新闻事件和有普遍意义的紧迫问题，运用分析和综合的方法，就事论理，就实论虚，有着鲜明针对性和指导性的一种新闻文体，是现代新闻传播工具经常采用的社论、评论、评论员文章、短评、编者按、专栏评论、评述等的总称。简而言之，新闻评论是媒体编辑部或作者就有价值的新闻事实和社会现象发表意见以指导实践的一种文体。新闻评论是党报党媒进行舆论宣传工作的重要手段。对新闻评论来说，选题尤为重要。选题决定了新闻评论作者的评论方向、评论对象和评论范围，直接关系到评论对实际工作的指导作用。选题准确，新闻评论可以很好体现党报党媒的政治能力和宣传水平；选题有偏差，党报党媒就会在舆论导向方面出现问题。

新闻评论具有新闻性、政治性、群众性等三大特点。

新闻性包括现实的针对性和强烈的时效性。其中，现实的针对性是指新闻评论内容有迫切的现实意义，针对当前重要的新闻事件和现实生活中的热点难点问题发表意见；强烈的时效性是指新闻评论紧密结合当前形势，及时提出问题，不失时机地对某些重要事件和问题作出反应或表明态度。

政治性包括鲜明的政治立场和态度，从思想高度、政治高度和理论高度分析问题。其中，鲜明的政治立场和态度是指新闻评论针对具有政治意义的问题发言，围绕重要的政治事件，以及在贯彻党的方针政策过程中出现的各种问题，实事求是地进行分析评价或表明态度，阐明党的立场和主流价值；从思想高度、政治高度和理论高度分析问题是指新闻评论如果涉及思想方面、政治方面或政策方面的问题，应当从思想高度、政治高度和理论高度进行分析评价或者表明态度，探索普遍的政治意义，而不能就事论事。

群众性包括面向广大受众和吸引群众参与评论工作。其中，面向广大受众是指新闻评论的内容应当是广大群众最关心和最感兴趣的，它提出的问题应当同人民群众的切身利益密切相关，又充分反映广大人民群众的要求和呼声；吸引群众参与评论工作是指新闻评论要求新闻媒介尽量吸引和鼓励广大群众关心和参与评论工作，包括参加评论写作。

始终坚持人民至上，是党的执政理念的集中体现，也是党的群众观点和群众路线的生动实践。党的十八大以来，习近平总书记反复强调要坚持人民至上。党的十九届六中全会审议通过《中共中央关于党的百年奋斗重大成就和历史经验的决议》，把“坚持人民至上”作为党的百年奋斗第二条宝贵经验。广播评论《如此“满意”失民意，“人民至上”怎落地?!》紧扣“人民至上”理念和百姓呼声，积极阐释中央精神，也为基层百姓呐喊，是一档具有鲜明的新闻性、深刻的政治性和广泛的群众性的广播佳作。

二、深入调查，制作精品

新闻评论记者进行深入调查，掌握第一手资料，方能用事实说话，从而取得事实胜于雄辩的良好效果。北京电视台记者姚柏言在持续调查多起民生事件时发现，有些部门没有准确把握“人民至上”的科学内涵，存在“官本位”思想，以致实际工作跑偏走样，引起人民群众的反感和不满。比如，有些部门嘴上说着要让人民群众满意，所干的工作却让人民群众非常不满意，甚至有些部门还要求人民群众不能不满意。针对这种“怪现象”，该记者在将近两年的时间里持续深入翔实调查的基础之上，制作完成这档一碰就响广播评论节目。该广播评论以严谨逻辑、犀利语言、鲜活事实等向官僚主义亮剑，指出满意不满意关键看民意，人民至上在基层落地来不得半点儿官僚主义。

三、论据充分，令人信服

“习近平总书记指出，我们要坚持人民至上，只要是人民群众欢迎咧嘴笑的事，再难也要干到底，只要是人民群众不高兴撇嘴的事，就坚决不要干。”这是理论论据，具有强烈的权威性。

“那么，怎么才能让人民群众真正满意，让人民至上的命题真正在基层落地？其实，在北京有大量案例可以列举。截止到 2021 年 9 月底，北京 12345 市民服务热线网络端受理量突破 240 多万件，诉求解决满意率达到 92%。国务院第七次大督查，把北京市建立完善接诉即办改革机制，提升城市治理效能作为典型经验案例。”这是事实论据，具有事实胜于雄辩的良好效果。

四、注重特点，入耳入脑

广播是听觉艺术，这就要求广播评论必须从广播特点出发，扬长避短，发挥“听”和“声”的优势，做到“声入心通”。广播评论的着眼点放在“听”上，才能使广播评论节目变被动灌输为愉快接受，脱离单调呆板、空洞说教的窠臼，增强亲近感、立体感、趣味性和生动性。

《如此“满意”失民意，“人民至上”怎落地?!》直接引用多位负责接诉即办工作的工作人员的话。“还是听民意，你不能说我说怎么着就怎么着，咱得说咱大部分居民说怎么样就怎么样。”“在我们的工作当中走一个群众路线，群众想要什么样，我们就把我们的工作思路调整成什么样。群众想要用什么样的工作模式来推进，我们就用什么工作模式来落实。”……这样的话语，如唠家常，受众喜闻乐听，自然入耳入脑入心。

五、效果突出，特色鲜明

广播评论《如此“满意”失民意，“人民至上”怎落地?！》播出后，引起多方高度关注。多位听众表示，该广播评论说出了他们的心声，体现了媒体的责任与担当。相关部门表示，该广播评论为他们敲响了警钟，要对相关问题进行整改。多位业内专家表示，该广播评论问题抓得准、抓得实，评论逻辑性强，语言有力度，观点鲜明，有建设性，录音述评广播特色突出，发挥了党媒的舆论引导作用。

该广播评论在北京广播电视台新闻广播、北京广播网、听听 FM、蜻蜓 FM、喜马拉雅等广播新媒体平台同步播发，实现全媒体立体化传播，播出后获得多项省部级以上奖项。

第三十一届中国新闻奖对该新闻作品的初评评语（推荐理由）指出：“这篇评论极具现实意义。评论紧扣‘人民至上’理念和百姓呼声，对官僚主义进行深入剖析和批驳。评论本身广播特色突出，现场采访市民的同期录音极具感染力，逻辑严密，论述清晰，语言犀利，视角独到，有深度、有温度、有态度。”[①]

第二节　评析广播新闻专题

2021 年 9 月 23 日，第三十一届中国新闻奖评选结果揭晓，广播新闻专题《大山里的“摩托书记”》获得本届中国新闻奖二等奖。该广播新闻专题的原创单位和播发单位均为辽宁广播电视台，播出频率是辽宁之声 AM1089，播出

① 中国记协网．如此“满意”失民意，“人民至上”怎落地?！// 中国新闻奖参评作品推荐表［EB/OL］.（2022-11-01）［2024-01-18］. http://www.zgjx.cn/2022-11/01/c_1310667789.htm.

日期是 2020 年 9 月 17 日，时长是 12 分 54 秒。

一、走基层，黏上女书记

2011 年 8 月 9 日，中宣部等五部门在全国新闻战线提出“走基层、转作风、改文风”活动的总体部署。此后，中央到地方的各类媒体制定详细的报道方案，通过采取集中采访、集中报道等方式迅速掀起“走基层”报道热潮，持续不断，年年加劲，取得了非凡业绩。辽宁广播电视台记者邸玉玲等在辽西山区“走基层”采访时认识了骑着摩托车走家串户的村党支部书记贺玉复。贺玉复所在的辽宁省葫芦岛市绥中县加碑岩乡黄木杖子村曾经是辽宁省西部地区最贫困的村子之一。这座小山村被大山分隔为两部分，从南到北骑摩托车需要两个小时，村里几乎没有资源，还缺少土地和劳动力。贺玉复想方设法带领村民在贫困中突围，提前一年高质量完成脱贫攻坚任务。辽宁广播电视台记者凭借自身的政治敏锐性和新闻敏感迅疾进入深入细致的采访活动，力求在“摩托书记”这个极具新闻价值的小故事里挖掘大情怀，讲好充满正能量的故事。

二、求特色，深入搞采访

广播媒体是听觉媒体。利用声音符号，以有声语言为主要传播手段，诉诸人的听觉，是广播最根本的特点。人的声音可以说明事物、传达情感等。广播媒体可以使用音乐、音响等增加节目的现场感，使之有立体感、空间感和情境性，具有较强的感染力。广播媒体还有传播速度快、传播范围广泛、不受时空或受众文化程度限制等特点。

广播新闻专题《大山里的“摩托书记”》的主创人员先后三次到黄木杖子村深入进行体验式采访，他们和村民同吃同住，深度采访了 30 多人，录制了 1000 分钟以上生动鲜活的音响素材，最终浓缩为这一不到 13 分钟的新闻作品。该报道具有浓郁的东北地域特色，具有很高的故事性和可听性。原始通话录音，为听众营造了犹如“声临其境”般的新闻现场，大大增强了该新闻作品的纪实性。

三、求真实，精心选素材

《大山里的“摩托书记”》的创作人员结合广播媒体特点，采用行进式手法，记录贺玉复日常的一天，通过环环相扣、衔接紧密的几件事情，牢牢抓住听众的耳朵：猪圈里唠嗑说笑、炕头上直播卖货、农家院里煎炒烹炸等，统统收录其中。该新闻作品采用广播纪录片的形式，以音响串联所有事情，原生态展现当地村民的生产生活场景，有记者叙述，有现场录音，信息丰富，活灵活现，让听众犹如身临其境一般。

贺玉复骑着摩托车来到贫困户张翠云家，她要在这里取货。

【出录音】

贺玉复：老婶，在家呢？鸡蛋攒多些了？

张翠云：攒三十多斤了。

贺玉复：没少攒啊，天然居（农家院）正好这两天来客人，我给带过去，卖他得了。

张翠云：卖他吧。这有雪糕，拿点，喝点水，歇会儿。

贺玉复：不要不要，不歇了，走了，着急呢。

【压混】

熟练地把鸡蛋装上车，系好，贺玉复就朝着村南撇出发了。我以为坐一会儿就能到，没想到从眼前的北撇骑到南撇得花两个小时。

四、作精品，获得好效果

广播新闻专题《大山里的“摩托书记”》播出后，社会反响强烈，听众纷纷为贺玉复这位把青春和汗水献给大山的女村支书点赞。他们说：“打动人心的不仅是脱贫故事，还有摩托书记身上那股敢闯敢干、永不服输、带领村民奔小康的劲头。”该新闻作品获得 2020 年上海广播节暨第十五届东方畅想广播创新大赛金奖，是唯一一个获得该奖项的广播节目。该新闻作品的主创人员在颁奖典礼上向全国广播电视媒体分享了创作经验。2020 年 10 月 15 日，黄木杖子村党支部书记贺玉复在首届辽宁省人民好代表、优秀议案建议表彰大会上被评为辽宁省“人民好代表”。2021 年 3 月 8 日，贺玉复被评为“辽宁好人·最美女性”。2021 年 2 月，在全国脱贫攻坚总结表彰大会上，辽宁省葫芦岛市绥中县加碑岩乡人民政府作为全国脱贫攻坚先进集体受到表彰。

主创人员在采制《大山里的“摩托书记”》的广播版的同时，还制作了短视频产品，在辽宁广播电视台旗下的“北斗融媒”客户端、“辽宁之声”公众号等本地新媒体平台播发。此外，该作品还在“学习强国”学习平台、“阿基米德 FM”客户端、“上海人民广播电台”公众号、“话匣子 FM”客户端等新媒体平台播发，形成多维度、立体化的传播矩阵。

第三十一届中国新闻奖对该新闻作品的初评评语（推荐理由）为：“这篇作品讲述了加碑岩乡黄木杖子村党支部书记贺玉复带领村民脱贫致富的故事，以小切口呈现决战决胜脱贫攻坚的大主题，以故事化的讲述创新主题类报道的表达形式，深入发掘先进典型，生动塑造出一位骑着摩托车在大山里奔忙的女村支书形象。该作品听来可亲可感，是一篇有思想、有温度、有品质的报道，也是一篇体现新闻工作者‘脚力、眼力、脑力、笔力’的佳作。”[①]

第三节　评析广播直播

广播直播可以真实记录、复制和控制人类的声音。稍纵即逝、过耳不留的声音可以留存，也可以通过或大或小的声音传播。具体来说，广播直播具有

① 中国记协网．大山里的“摩托书记”// 中国新闻奖参评作品推荐表［EB/OL］．（2021-10-29）［2023-10-20］. http://www.zgjx.cn/2021-10/29/c_1310275440.htm.

以下5个特点：

1. 即时性

电子媒介可以在突发性新闻事件发生时同步进行报道。在这一点上，广播甚至比电视更为快捷。电视进行现场直播时必须配备各种录像设备和录音设备，还需要考虑灯光、音响等条件；而广播直播极为方便，几乎不需要太多设备。

2. 跨时空性

广播拥有电子媒介的优势，能够突破时间和空间的限制，把信息即时传到四面八方，速度之快，覆盖面之广，为其他大众媒介所望尘莫及。

3. 较强的接近性

对受众来说，广播具有较强的接近性。广播是声音媒体，主持人通常会在音质、语气、谈吐等形成自身独特的播音风格，对受众产生独特的吸引力，并使之在一定程度上产生参与感，更接近面对面的人际交流，具有较强的接近性。声音传情，富有感染力，也有着无穷的魅力。广播可以为听众提供声音世界里多彩多姿、美妙动听的音乐享受和音响享受。

4. 易接受性

广播不要求受众具备识字能力，也就较适合各种文化程度的受众。同时，广播是通过声音传播的，受众可以边听广播边做其他事情。

5. 多功能性

广播既是新闻媒介，又能够很好地对各种以声音为载体的艺术进行传播，并使这些艺术以声音吸引人的鲜明个性充分发挥作用，从而扩展自身的功能。

2021年9月23日10时，广西广播电视台原创并刊播的广播新闻直播《稻花香里话小康》在广西广播电视台综合广播频率的《新闻时刻》栏目播出，时长约为 58 分钟。2022 年 11 月 8 日，第三十二届中国新闻奖评选结果揭晓，该新闻作品获得本届中国新闻奖（广播）新闻直播项目三等奖。该作品具有以下 4 个重要特征：

一、播出时间，正逢良时

时效性是新闻的重要特征之一，它是指新闻事实的发生和作为新闻得以报道的时间与新闻在传播后引起受众接触和产生社会效果之间的相关性。新闻引起受众接触和产生社会效果具有一定的时间限度。新闻的时效性受到社会生活和信息传播技术的制约。一般来说，事件性新闻在较短时间内就可能失去时效性，非事件性新闻可能在较长时段才失去时效性。时新性是时效性的基础，时新性差的新闻不可能有理想的时效性。

2021 年 9 月 23 日是第四个中国农民丰收节。与此同时，2021 年恰逢中国共产党成立 100 周年。这一年，我国全面建成小康社会，历史性地解决了绝对贫困问题，“三农”工作重心历史性转向全面推进乡村振兴，“十四五”时期的大幕正式开启。在这样的背景下，广西广播电视台综合广播频率策划推出了第四个中国农民丰收节特别直播节目《稻花香里话小康》，倾听广西壮族自治区各地“丰收的声音”，展现当地农业农村发展的新成就，具有极佳的时效性。

二、多篇呈现，内容丰富

以科学理论武装人，以正确舆论引导人，以高尚精神塑造人，以优秀作品鼓舞人，是马克思主义新闻观的题中之义。

整个特别直播节目分为“喜迎丰收年”“回望来时路”“小康再出发”等三个篇章。其中，第一个篇章以记者连线形式开篇，呈现各分会场热闹喜庆的场面，展现我国全面建成小康社会第一年广西壮族自治区人民的幸福和喜悦之情；第二个篇章回顾广西壮族自治区脱贫攻坚一线的典型人物和典型事迹；第三个篇章聚焦广西壮族自治区农业农村现代化建设和乡村振兴战略下的美好图景。这场新闻直播如同一场精神盛宴，鼓舞人心，取得了良好的传播效果。

三、结构精妙，多路传播

《稻花香里话小康》全篇结构精妙，内容丰富，通过记者连线、录音报道、嘉宾访谈等形式，全面展示广西壮族自治区的农耕文化。除了在广播端播出，该新闻直播节目的直播音频同步在“广西视听”客户端、“北部湾在线”网站等播出，形成传播矩阵，受到听众网友、业内同行、专家学者等的一致好评。

四、以小见大，主题厚重

《稻花香里话小康》点面兼顾，动静结合，用一个个鲜活生动的典型人物和典型故事串起丰收路上的汗水和喜悦，记录全面建成小康社会路上的铿锵步伐，以小细节刻画大成就，以小见大显精神。该作品主题厚重，与党的十九大精神和习近平总书记重要讲话精神同频共振，是对我们所处的美好时代的解读和致敬，取得了良好社会效益。该作品以庆祝第四个中国农民丰收节为新闻切入点，聚焦我国少数民族地区脱贫攻坚、乡村振兴的新成果，既关注袁隆平院士在当地培育超级稻的新成果，又沿着习近平总书记的足迹反映基层“三农”新面貌。整个新闻直播节目善用广播语言讲活广西故事，充分展现了广西人民牢记习近平总书记的殷切嘱托，提振精气神，在新的起点上奋力书写新时代乡村振兴新篇章的动人画卷。

本节作业

1. 深入研读《稻花香里话小康》的文本，撰写一篇 3000 字的评析文章。

2. 把《稻花香里话小康》的文本改写为一篇 4000 字的人物专访，并撰写一篇改写体会文章。

第十三章　电视新闻作品评析

电视新闻是电视上各种新闻性内容和新闻报道形式的总称，是一般电视台节目的骨干和主体。电视新闻运用现代电子技术，通过电视屏幕，形象地向观众传递新闻信息。电视新闻既传播声音，也传播图像，可以系统形象地报道事物发展的过程。具体来讲，电视新闻是通过电视摄像、记者采访、镜头设计、拍摄、剪辑、写解说词、配音等程序来完成。

第一节　评析电视新闻专题《守住长城》

2020 年 10 月 2 日，河北广播电视台都市频道播出电视新闻专题《守住长城》，讲述了“长城守护第一人”张鹤珊的独家故事。2021 年 11 月 7 日，第三十一届中国新闻奖评选结果揭晓，河北广播电视台都市频道采写并播出的《守住长城》获得本届中国新闻奖电视新闻专题项目二等奖。该作品具有如下突出特点。

一、鲜明的政治性

当今世界，人们提起中国，就会想起万里长城；提起中华文明，也会想起万里长城。长城不仅是我国南北方民族文化交流融合的见证，更是中国走向世界、世界了解中国的名片。如今，长城又被赋予了新的时代内涵，保护长城不只是保护物质形态的长城文化遗产，更是发扬光大“自强不息、众志成城、坚韧不屈、守望和平”长城精神。

电视新闻专题《守住长城》以纪实手法展现了“长城守护第一人”张鹤珊历时40年，行走20多万千米，并在保护长城的过程中发现他本人是明代修建长城的义乌兵后代的独家故事。该作品深挖长城文化内涵，聚焦长城保护，弘扬长城精神，发出新时代中国守望和平、包容开放的强有力声音。

该作品主题突出，立意深刻，生动还原了中华民族生生不息对根脉的守护，对中华民族精神的传承，具有鲜明的政治性。

二、生动的故事性

《守住长城》由一连串的故事构成，从一个人的故事讲到一家人的故事，再讲到人民故事、时代故事和中国故事，形成一波未平一波又起的态势，通过个体的付出、坚守、保护等，展现当今大时代背景下中国人的担当、坚守、自信、自强等精神风貌。

该电视新闻专题以独家细节、独特视角和独具一格的故事化表达，极具吸引力、趣味性和生动性。该作品以平凡人的光辉故事，彰显人文关怀，更彰显了中国的文化根基在于担当、合作、共赢等，而长城是中华民族爱好和平、勇于担当这一文化情结的最好表达。可以说，该作品通过讲好长城故事而讲好中国故事，发出中国声音，展示中国形象，取得了良好的传播效果。

三、真切的纪实性

《守住长城》从“小切口”入手，选取“长城活地图”张鹤珊守护“野长城”这一视角，挖掘其背后故事，进行深入分析解读。

为了讲好这个故事，创作团队来到张鹤珊身边，和张鹤珊一家同吃同住，同走长城。采访期间，他们随着张鹤珊一同走遍了城子峪明长城的沟沟坎坎和角角落落。走在漫长硌脚的杂草石子路上，创作团队体会到了张鹤珊两周穿坏一双鞋的真实；一把镰刀在手，劈开面前的荆棘和树杈，创作团队明白了张鹤珊 40 多年坚守的不易；一只蛇皮袋在手，随时捡起路边和长城上的垃圾，创作团队读懂了张鹤珊对长城倾注的心血和爱……

最终，创作团队凭借扎根基层的“脚力”、善于捕捉线索的“眼力”、主动思考的“脑力”和勇于创新的“笔力”，以张鹤珊一天的生活为开端，以张鹤珊真实质朴的讲述为主线，以纪实手法把他对长城 40 多年的真情守护讲成故事，增强感染力、亲和力和回味性，真正做到了用真切纪实、朴实语言和诚恳态度讲述宏大主题。

四、感人的朴素性

朴素是一种极致的美。大道至简，三千繁华，终归朴素。朴素，也是一种大道。和长城有关的故事有很多，张鹤珊作为一个普通人，他的坚守和传承让整个故事闪闪发光。《守住长城》以朴素的美学风格，将宏大主题以最贴合、最有力的方式传达，产生了直击心灵的播出效果。该作品将张鹤珊的朴实情感和真诚追求表现得淋漓尽致，感人肺腑。尤其是该作品结尾部分，既表现出主人翁的精神境界，又散发着真诚淳朴之美，令人感慨万千，回味无穷。

【同期】**爷孙对话**：你记住下次爷爷没时间来了，你就陪他们来，你就给他们讲那个（故事）行吧，孙子。啥都得会，将来爷爷走不动了，你爸没空，你也得去啊！

五、有力的激励性

《守住长城》有精度，也有深度，具有很强的传播力。该作品在“冀时”客户端播出后，众多主流新媒体纷纷转发，引发网友广泛讨论。节目播出后，张鹤珊成为当地“名人”，他所在的城子峪村游客络绎不绝，自发保护长城的志愿者从数百人发展为数万人；张鹤珊守护的那段明长城引起中国长城学会的关注，被列为重点关注对象；河北省多部门发起号召党员重走长城路活动，领悟长城精神，宣传长城文化；多家社会爱心组织慕名而来，共同探讨长城保护工作，以及如何做好长城文化传播……。“自强不息、众志成城、坚韧不屈、守望和平”的长城精神，与该作品的采制过程和讲述内容十分契合，引发了大家对长城现状的关注，激励中华儿女争做中华民族精神的传播者、弘扬者和讲述者。

本节作业

撰写一个字数在 2000 字左右的电视专题片文本。

第二节　评析电视访谈节目《新型冠状病毒肺炎，情况如何？》

访谈类节目一般也称谈话类节目。谈话节目是由主持人邀请有关人士和受众，围绕公众普遍关注的重要问题，在平等民主的气氛中展开对话的一种电视节目形态。访谈类节目种类多样。根据内容，访谈类节目可分为新闻信息类谈话节目、人际关系类谈话节目、综艺娱乐类谈话节目、专题对象类谈话节目等。

《新型冠状病毒肺炎，情况如何？》基本上属于新闻信息类谈话节目。该节目于 2020 年 1 月 20 日在中央广播电视总台综合频道 CCTV-1《新闻 1+1》栏目播出。根据 2021 年 11 月 7 日揭晓的评选结果，《新型冠状病毒肺炎，情况如何？》获得第三十一届中国新闻奖电视新闻访谈节目项目一等奖。该作品获得这一奖项的主要因素如下。

一、重大新闻，品牌栏目

2020 年 1 月 18 日至 19 日，武汉突然公布这两天新增 136 例新冠肺炎确诊病例，同时北京和深圳也发现相关病例，舆论开始出现各种各样的猜测。那么，武汉的真实情况到底怎么样？是否出现了人传人现象？如何判断当时的形势？社会和公众又该如何准备？关键时刻，急需权威声音为大家答疑解惑。1月 20 日，作为中央广播电视总台的品牌栏目，《新闻 1+1》连线专访刚刚从武汉抵达北京的国家卫健委高级别专家组组长钟南山。突发重大新闻事件，加上品牌栏目访谈，为电视访谈节目《新型冠状病毒肺炎，情况如何？》获得第三十一届中国新闻奖一等奖奠定了坚实基础。

1. 名主持人

谈话节目主持人必须具备出色的策划能力、灵活掌控现场气氛的能力和独特的人格魅力。其中，策划能力包括对节目风格、节目内容、受众需求、嘉宾特点等的多方位考虑和策划；灵活掌控现场气氛的能力要求主持人不仅要学会倾听和提问，更要把握现场话题进度等。优秀成功的谈话节目主持人一定有独特的人格魅力，能够在实际生活中增加阅历、锻炼品格等，能够使嘉宾在从容和谐的现场氛围中对节目话题感同身受。

在电视谈话节目的各要素中，主持人的作用举足轻重，是节目成败的关键。该节目的主持人白岩松对许多中国观众而言，已不再只是一个主持人，而成为一个时代的见证者和记录者。他以深厚的文化底蕴、敏锐的新闻嗅觉和幽默的主持风格，赢得了无数人的喜爱和尊重。他曾参与诸多重大事件的电视直播和报道，如香港回归祖国、三峡大坝截流、澳门回归祖国、庆祝中华人民共和国成立 50 周年大会、北京申办奥运会、中国加入世界贸易组织（WTO）等。此外，他还主持了多档知名节目，如《时空连线》《央视论坛》《新闻会客厅》《焦点访谈》《感动中国》《新闻 1+1》等。在主持生涯中，他先后多次获评“优秀广播播音员主持人”，并于 2009 年获得中国电视榜最佳时评节目主持人奖和华语主持群星会年度终身成就奖，等等。

2. 精良团队

《新型冠状病毒肺炎，情况如何？》的主创人员是白岩松、王晓琛、孔茜、王茜、魏雪娇、张进、杨婷、高岚、郭丹丹、刘喆、毕浩云、席罗曦、杨弘杨、赵威、张昊、李欣怿、杨海波、吕志佳和刘明君，编辑是李阳、李昊、张小美、欧鹏鹏和邓嘉星。他们共同组成一支精良的专业队伍，团队意识强烈，年龄结构合理，专业结构互补，工作经验丰富，为该节目获得成功奠定了坚实的人力基础。

二、准备充分，行动迅速

确定选题后，《新闻 1+1》栏目组迅速分工，一边跟进核实最新消息，一边迅速与国家卫生健康委员会（简称国家卫健委）取得联系，寻求支持和合作，并就相关节目内容和国家卫健委反复进行沟通。双方最终确定，国家卫健委高级别专家组组长钟南山，当晚接受白岩松的连线专访。但是钟南山院士当天行程密集，晚上也要参加紧急会议，只能在驻地接受采访，《新闻 1+1》栏目组克服重重困难，保证了当晚的直播采访以视频连线的方式进行。

三、内容合适，引导给力

在电视访谈节目《新型冠状病毒肺炎，情况如何？》中，国家卫健委高级别专家组组长钟南山，以尊重科学的态度和关切民生的视角，回应了公众关切。特别是首次发出“有人传人现象”的权威判断，向公众敲响了防范新型冠状病毒的警钟。该节目还就正确戴口罩、疫情预防等做出提示，有效引导了公众舆论，对公众进行自我防护和全国抗疫迅即展开发挥了积极作用。

在视频连线专访直播中，主持人白岩松平易近人，和嘉宾亲切交谈，与观众“零距离”沟通。他询问的问题极其重要却又简洁明确。钟南山院士化繁为简，给出的答案通俗易懂，具有非常好的普及传播效果。

四、多媒播出，效果甚佳

《新型冠状病毒肺炎，情况如何？》播出当晚，除了传统的电视直播，《新闻 1+1》栏目首次和“央视新闻”新媒体平台实现大小屏同步直播，借助新媒体和新技术进一步扩大了节目的传播力和影响力，也极大满足了受众的知情权。该节目当晚播放量达 3 892.1 万人次。该节目播出之后，钟南山和白岩松的访谈内容，迅速成为全国各大媒体的全媒体平台的稿源，连续多日成为媒体公众关注热议的重要话题，对全国抗疫产生了积极影响。

第三十一届中国新闻奖对该新闻作品的初评评语（推荐理由）为：“舆论阵地，犹如一个信息市场，有供有求。在重大突发公共卫生事件中，维系这种供求关系平衡，需要科学而权威的观点。《新闻 1+1》连线专访《新型冠状病毒肺炎，情况如何？》正是科学引导舆论的成功范例。1 月 20 日，国家领导人对疫情做出重要指示，武汉成立疫情防控指挥部，节目敏感把握这一关键节点时刻，当晚连线专访国家卫健委高级别专家组组长钟南山，以尊重科学的态度、关切民生的视角，回应公众关切。特别是首次发出‘有人传人现象’的权威判断，向公众敲响了防范新型冠状病毒的警钟。节目还就正确戴口罩，发烧就要警惕、近期不要去武汉等做出了提示，不仅有效引导了舆论，也为公众进行科学自我防护以及全国抗疫的迅即展开，发挥了积极作用。值得关注的是，节目实现了大小屏同步直播，其核心内容成为全网稿源，连续多日被媒体公众热切关注，堪称 2020 年中国新冠疫情阻击战中的标志性报道，是中国抗击新冠疫情中媒体表现的珍贵档案。”①

本节作业

撰写一份电视访谈节目的策划方案。

---

① 中国记协网．新型冠状病毒肺炎，情况如何？（白岩松专访国家卫健委高级别专家组组长钟南山）// 中国新闻奖广播电视新闻访谈节目、新闻现场直播、新闻节目编排参评作品推荐表［EB/OL］.（2021-10-25）［2023-10-21］. http://www.zgjx.cn/2021-10/25/c_1310257075.htm.

第三节　评析电视新闻现场直播《新春走基层　直播皇都侗寨》

2019 年春节期间，湖南广播电视台新闻直播团队在湖南省怀化市通道侗族自治县黄土乡皇都侗寨进行了为期 5 天的电视新闻现场直播《新春走基层　直播皇都侗寨》，每天在湖南卫视的《湖南新闻联播》栏目播出大约 12 分钟。这 5 期电视新闻现场直播分别以“侗族大歌　唱响春天”“侗家转转席迎宾客　全酸合拢宴贺新春”“侗家讲侗款　激励新年追梦”“抢花炮　赛芦笙　侗乡闹新春”“月瓦地：侗家人的幸福爱情”等为主题，全方位、立体化展示了以皇都侗寨为中心的百里侗文化长廊独特的春节年俗，发掘弘扬侗族优秀传统文化，助力当地于 2019 年顺利实现脱贫摘帽。

一、指导思想定盘星

2018 年 8 月 21 日至 22 日，习近平总书记在全国宣传思想工作会议上的重要讲话中强调：要把握正确舆论导向，提高新闻舆论传播力、引导力、影响力和公信力，巩固壮大主流思想舆论。要加强传播手段和话语方式创新，让党的创新理论“飞入寻常百姓家”。……宣传思想干部要不断掌握新知识、熟悉新领域、开拓新视野，增强本领能力，加强调查研究，不断增强脚力、眼力、脑力和笔力，努力打造一支政治过硬、本领高强、求实创新、能打胜仗的宣传思想工作队伍。

《新春走基层》系列电视新闻现场直播栏目，是湖南卫视自 2013 年起在春节期间举办的新闻直播品牌栏目，至 2019 年已连续举办 7 年。7 年来，每年春节期间，湖南广播电视台新闻直播团队都会选取贫困地区的一个基层农村，进行连续几天的新闻直播，反映当地的传统民风民俗、特色产业发展情况等。《新春走基层　直播皇都侗寨》获得成功之后，总导演刘学波发表文章《湖南卫视〈新春走基层　直播皇都侗寨〉创作体会》[①]。他在文章中指出，电视新闻现场直播《新春走基层　直播皇都侗寨》是一次锤炼脚力、眼力、脑力和笔力的成功实践：锤炼脚力，在深入基层中发扬“扁担精神”；锤炼眼力，展现新闻工作者判断力和洞察力；锤炼脑力，展现新闻工作者善于思考、勇于求索的能力；锤炼笔力，展现新闻工作者的创新能力和讲故事能力。他进一步指出，高水平的新闻产品绝非一蹴而就，而是在持之以恒地知识更新、实践锻炼中练就的。只有不断锤炼脚力、眼力、脑力和笔力，打造一支素质过硬的宣传思想工作队伍才能在瞬息万变的时代大潮中赢得主动，始终立于时代潮头，引领风气之先。

《新春走基层　直播皇都侗寨》主题鲜明，节奏明快，把脱贫攻坚的新闻主题和侗族特色文化、侗乡旅游等相结合，给全国人民，乃至全世界的观众，提供了一场“侗味”十足的视听盛宴，也为当地的脱贫攻坚和旅游发展工作贡献了一份媒体力量。这也是湖南广播电视台构筑新型主流媒体、展现党媒责任担当的务实之举。

二、助力扶贫结硕果

党的十八大以来，以习近平同志为核心的党中央把脱贫攻坚摆在治国理政的突出位置，把脱贫攻坚作为全面建成小康社会的底线任务，以精准扶贫、精准脱贫为基本方略，组织开展了脱贫攻坚人民战争。从实施精准扶贫方略到形成中国特色脱贫攻坚制度体系，从支持和鼓励全社会采取灵活多样的形式参与扶贫到在抗击新型冠状病毒感染疫情的斗争中对脱贫攻坚进行再动员和再部署，一系列具有原创性和独特性的重大举措，为打赢这场人类历史上规模最大、力度最强的脱贫攻坚战提供了有力保障。

《新春走基层　直播皇都侗寨》策划运作到位，推出时机恰到好处，凸显

① 刘学波 . 湖南卫视《新春走基层　直播皇都侗寨》创作体会［J］. 中国记者，2019（3）：58-61.

了非物质文化遗产的文化符号，传播影响持续广泛。该节目内容丰富，节奏把控好，视听效果佳，互动性设计精巧，是全国“新春走基层”的节目典范。该直播节目强力助推了当地旅游业发展，带动了皇都侗寨旅游持续升温；节目当中的扶贫攻坚、促人追梦等内容更是提振了当地人的信心，有效带动了当地的脱贫攻坚工作。据统计，2019 年春节假日期间，湖南省怀化市通道侗族自治县共接待游客 34.2 万人次，同比增长 19.5%；实现旅游收入 2 亿多元，同比增长 23.8%。其中，电视新闻现场直播《新春走基层　直播皇都侗寨》的直播地点皇都侗寨实现旅游收入 2140 万元，同比增长 75%。

三、策划精深保质量

总导演刘学波指出，《新春走基层　直播皇都侗寨》一共包含大大小小 18 个颇具侗族特色的文艺节目。因为它是在春节假日期间这一特殊节点播出的，节目氛围要喜庆祥和，但是喜庆祥和是远远不够的。在节目策划过程中，湖南广播电视台新闻直播团队确定了“民俗为表　脱贫为里”的创作思路。

最终，《新春走基层　直播皇都侗寨》导演组敲定 5 期节目共同的主题——“脱贫路上，我们都是追梦人”。以大年初一的直播主题“侗家讲侗款　激励新年追梦”为例：侗款类似于今天的村规民约，是侗家人日常遵循的生活准则。有了它，侗族聚集区成为“没有国王的王国”。通道侗族自治县坪坦河两岸的百里侗文化长廊 30 多年来没有发生任何刑事案件。但是，只表现这些，就缺乏时代特色和现实针对性。实际上，2019 年是通道侗族自治县脱贫摘帽之年，《新春走基层　直播皇都侗寨》节目组迅速想到，将侗款和脱贫攻坚的主题结合起来。在节目呈现上，由传统侗款到脱贫攻坚款，再到致富榜样款，现场直播一步步聚焦深化，激发了大家奋斗追梦的激情。

总之，在直播节目内外，《新春走基层　直播皇都侗寨》直播团队通过精心策划，不仅保证了节目质量，更是将“新闻扶贫”这一理念贯穿到了极致。

四、主持风采吸眼球

节目主持人是电视直播节目的核心，是新闻表达的引领者和传播话语的把握者。做好电视新闻现场直播节目，对节目主持人实现直播有效控制、完整呈现直播意图、完美组织和展示直播过程等提出了很高的要求。

电视新闻现场直播《新春走基层　直播皇都侗寨》的节目主持人万欣和刘佳颖拥有良好的心理素质、较高的综合业务能力、丰富的综艺晚会节目主持经验和敏捷的现场反应能力。在主持《新春走基层　直播皇都侗寨》之前，他们曾经多次主持电视新闻现场直播节目。这两位主持人在《新春走基层　直播皇都侗寨》的5场直播中均有非常完美的表现，在话语控制、心理控制、节奏控制、组织控制等方面做得非常到位。在整体风格上，他们二人均有深厚的表演功底，他们和在场人员的共同表演贯穿节目始终，不仅吸引观众眼球，也营造了轻松愉快的节目氛围。

他们的成功给我们带来深刻启示。首先，准确理解和把握节目策划者的传播意图和各项直播指令。加强和直播组织者协作联动，熟悉直播指令，保持头脑清醒冷静，反应迅速快捷，语言组织流畅，能够随机应变。其次，直接参与新闻直播策划和新闻节目制作，真正和新闻直播融为一体。提早介入，参与节目策划，全过程参与节目制作，把握全局，熟悉情况，做好预案，对整体情况胸有成竹。再次，不断加强学习锻炼，做好知识、能力、素养等方面的储备工作，提高自身综合素质。加强政治理论和业务知识学习，强化实践锻炼，培养良好的心理素质，提高全方位驾驭直播节目的能力，是做好电视新闻直播节目的关键，也是电视新闻节目主持人终身学习和努力的方向。

五、公众参与增效果

《新春走基层　直播皇都侗寨》总导演刘学波带领整个直播团队紧紧围绕“助力扶贫”这一宗旨，不仅设定多种多样的群众性娱乐活动，还挑选典型人物一展风采，增强传播效果。例如，节目组将国家级非物质文化遗产项目侗锦织造技艺代表性传承人粟田梅、通道侗族自治县黑老虎中药材专业合作社社长杨昌宏、通道侗族自治县萨岁文化产业发展有限责任公司吴鹏等三位脱贫致富带头人请到现场，用侗款这种文艺形式对他们进行了表彰鼓励："脱贫攻坚需努力，勤劳争先做榜样；女子侗锦织得好，好像彩虹做霓裳；万亩良田结硕果，耕耘劳作看儿郎……"在节目设计环节，节目组大力推介当地特产，竭力处处坚持了"新闻扶贫"这一核心定位。例如。在互动环节，节目组在 H5 页面推出抽取"侗家五宝"等环节。重点提一下，"侗家五宝"由节目组和通道侗族自治县当地人士共同设计，包括侗锦围巾、黑老虎（一种水果）肥皂、青钱柳茶、高山大米等特色农产品，而这些正是助力通道侗族自治县打赢脱贫攻坚战的支柱产业。在直播节目之外，节目组也将"新闻扶贫"这一理念贯穿到极致。例如，节目组和百度地图合作，把皇都侗寨在百度地图上的指引标志做得更加清晰细致，方便游客到那里旅游消费。在第一天直播的配发稿件中，动画地图清晰展示了如何通过乘坐飞机、乘坐高铁、自驾等出行方式抵达通道侗族自治县；在第二天直播的配发稿件中，节目组将通道侗族自治县以皇都侗寨为代表的民俗风情游、以万佛山为代表的绿色康养游、以通道转兵纪念馆为代表的红色旅游等旅游路线介绍给观众。

六、民俗传播多功能

电视新闻现场直播，在相对固定的时间里，对新闻事件或者矛盾冲突进行集中展现。在新闻线索选择上，《新春走基层　直播皇都侗寨》直播团队在节目前期预告片中对侗族建筑、侗锦等相对静态的内容进行了预热。而在直播内容上，《新春走基层　直播皇都侗寨》直播团队在重点选择了侗族大歌、合拢宴、侗款、抢花炮、月地瓦等 5 种独具特色的民俗活动。为期 5 天的直播，既是一个整体，又可以分成 5 个独立篇章单，完美呈现了侗族的优秀传统文化。

民俗文化传播的思想政治教育意义主要有以下 4 点：一是影响转变社会

意识形态。二是引导改变受众的世界观、人生观和价值观。三是规范控制受众个体行动。四是提高受众抵抗异域文化侵蚀的能力。[①]《新春走基层　直播皇都侗寨》在民俗文化传播方面具有以下鲜明特色。

1. 民俗文化内容丰富

《新春走基层　直播皇都侗寨》的 5 期直播节目几乎涵盖吃穿住行、迎来送往、歌舞民谣等所有侗族特色文化和民俗风情。实际上，我们可以把它看作一届侗族民俗文化博览会。尤其是其中的民俗文化值得深入研究：一是饮食习俗。侗族的风味食品种类多样，颇具特色，主要有油茶、苦酒、侗粑等。侗家人嗜酸成癖，有“三日不吃酸，走路打倒窜”的说法。二是侗族服饰。侗家人穿着绚丽多姿，平日大多身着他们用自种棉花自纺自织自染的侗衣，而细衣和侗锦仅用作盛装和配饰。每逢喜庆佳节，侗族妇女喜爱佩戴大量银质装饰品。三是侗族刺绣。侗族刺绣以侗锦最负盛名。侗家姑娘几乎人人会织锦，她们织出的侗锦图案大多是条纹呈直线的几何图形。四是侗族艺术。侗乡一向被誉为“歌舞之乡”，有“饭养身，歌养心”的谚语。侗族大歌以独特的多声部合韵震撼名扬世界。侗族民间舞蹈有芦笙舞、哆耶舞、春牛舞、花扁担舞等，其中具有显著民族特色和浓郁地方色彩的芦笙舞和哆耶舞是侗族艺苑中的两朵奇葩。侗族芦笙、侗族琵琶歌、侗锦、侗帕、大戊梁歌会等是湖南省首批非物质遗产。侗乡也被誉称“民族体育之乡”。侗族人民喜爱的体育项目有抢花炮、哆毽、耍春牛、踩高脚马、踩芦笙、侗棋、射弩等。这些活动具有广泛的群众基础，并与文化娱乐活动结合起来，与音乐、舞蹈、体育等融合在一起，有益于身心健康，给人以美的享受。

2. 提升侗乡民族艺术

电视新闻现场直播《新春走基层　直播皇都侗寨》的执行编导主要由通道

① 安剑峰．全媒体时代民俗传播的意义及路径研究［J］．记者摇篮，2018（10）：71-72.

侗族自治县的音乐艺术类老师和专业编导担任；演员主要是当地学生和文化艺术爱好者，以及返乡的在校大学生。他们在侗族原有特色文化和民俗风情的基础上，通过电视直播节目的创作、彩排等环节，得到专业人员的规范培训，进一步提升他们的传统民族艺术表达能力和专业水平。

3. 打造媒体品牌价值

在竞争日趋激烈的大背景下，传播媒介之间竞争的核心要素是品牌竞争。品牌是不可估量的无形资产。品牌经营是指将品牌视为独立的资源和资产，并以此为主导来关联、带动、组合其他资源和资产，从而取得最大经济效益和社会效益的经营活动和经营行为。它包括两个递进的过程：品牌创造和品牌运作。《新春走基层　直播皇都侗寨》不仅取得了良好的传播效果，而且打造传播了品牌这一无形资产，是品牌创造和品牌运作的典范，在国内同类节目中独树一帜，具有很高的品牌价值。

本节作业

撰写一份电视现场直播策划方案。

第十四章　网络新闻作品评析

网络新闻是指以网络为载体的新闻，具有快速、多面化、多渠道、多媒体、互动等特点，突破了传统的新闻传播概念，在视觉、听觉、嗅觉、味觉、触觉等方面给受众以全新体验。“网络新闻专题是基于网络技术支持，综合运用多种表现手段，展现某个特定主题或事件的一组相关新闻信息的总汇。”[①] 网络新闻的呈现方式主要有图文结合、H5 页面、虚拟现实（VR, Virtual Reality）、音频、漫画、短视频、航拍等多样化的复合式搭配形态，可视化程度非常高。本章将融合报道、应用创新和新媒体新闻专栏作品列入网络新闻当中进行评析。

第一节　评析《第四维度丨看“共富的种子”生根发芽》

2021 年 12 月 28 日，浙江日报社在“浙江新闻”客户端发布《第四维度丨看“共富的种子”生根发芽》，多维度展现了“共同富裕的种子”多年来在之江大地生根发芽并茁壮成长的主题。2022 年 11 月 9 日，第三十二届中国新闻奖评选结果公布揭晓，该报道获得融合报道项目二等奖。

---

① 韩隽，巨高飞．网络新闻专题的内在特质与变化态势：基于近三届中国新闻奖相关获奖作品分析［J］．传媒，2020（24）：18-20.

一、选题重要显著，引人特别关注

新闻价值是指凝聚在新闻事实中的社会需求能够在多大程度上引起受众普遍关注的素质（要素）及其传递价值观的能力，是新闻传播主体衡量和选择新闻事实的依据。新闻价值具有时效性、重要性、显著性、接近性、真实性、趣味性等基本属性。其中，重要性是指新闻事实所包含的社会意义，即新闻事实同新闻受传者的利害关系，是针对新闻事实的内容分量和重要程度而言的，是新闻价值判断标准的主要因素和核心因素；显著性指新闻事实所包含的要素的知名度或显要程度，即新闻报道中的人物、事件、时间、地点等具有被认知性。

习近平同志在浙江担任省委书记期间和他成为中共中央总书记后到浙江考察期间，曾对浙江各地科学发展作出擘画和部署，在钱江南北播下了“共同富裕的种子”。多年来，“共同富裕的种子”在之江大地生根发芽并茁壮成长。想当年，习近平同志叮嘱当地群众发展经济，实现物质富裕和精神富有；看今朝，习近平总书记埋下的共同富裕种子，正在各地生根开花。《第四维度丨看“共富的种子”生根发芽》围绕习近平同志到过的湖州市安吉县溪龙乡黄杜村、杭州市淳安县枫树岭镇下姜村、台州市三门县海润街道涛头村、衢州市开化县华埠镇金星村、舟山市定海区干览镇新建村等 5 个具有代表性的地方实现共同富裕的故事展开，把浙江高质量发展建设共同富裕示范区的故事传播得更远更广，重要性和显著性特别突出，引发人们的广泛关注和喜爱。

二、探索技术创新，增强作品趣味

新闻价值中的趣味性是指新闻事实及其表现方法充满吸引受众的情趣和人情味的特质，它要求在内容真实新鲜的基础上，满足受众的心理需求。它通常包括两个方面：一是新闻事实本身使受众普遍感兴趣，二是新闻事实的表现方法生动风趣。

技术创新应用引发新闻事实生动有趣是《第四维度丨看“共富的种子”生根发芽》的一大亮点。浙江日报全媒体视频摄影部在制作这一融合报道作品时，运用“第四维度”技术，在影像叙事上创新实践，把每个拍摄地最具代表性的场景作为背景，同时在上面叠加多个视频小窗口展现多维时空，回溯当年的各种情景，让受众可以在一个平面内看到当地多年来时空的多维度变迁，使视频在表达时空纵深上有了突破和创新。

三、拓展多媒传播，扩大受众范围

《第四维度丨看“共富的种子”生根发芽》策划周密，结构丰富，报道和推广有机融合，“盲盒”等时尚元素运用巧妙，版面设计独特。该作品运用多介质传播，融合视频、音频、报纸版面、明信片、线上线下活动等报道形式和推广形态于一体，拓展了传播渠道，扩大了受众范围，取得了良好的传播效果。“浙江新闻”客户端发布该作品的第二天，《浙江日报》的《景象》专栏以整个版面的篇幅刊登同一主题的摄影新闻作品《共富种子　生根发芽》[①]，并在版面上嵌入一个视频二维码和 5 个音频二维码，读者可以通过扫描这些二维码观看或聆听受访者讲述共同富裕的故事。同时，浙江日报社通过线上运营，发动观众在视频下方留言说出他们自身的感想或共同富裕的故事，送出一份份实体“共富种子”盲盒；在线下推广方面，浙江日报社通过杭州地铁海报和商场户外大屏展示主题内容，特别制作带有二维码的“共富”明信片，推荐上述 5 个具有代表性的地方致富农产品，把它们的致富故事传播到全国各地。

四、社会反响热烈，促进社会进步

《第四维度丨看“共富的种子”生根发芽》在“浙江新闻”客户端发布后，阅读量近 40 万人次，点赞量近 7 万人次，读者留言评论达 700 多条，运营活

① 孙潇娜，等．共富种子　生根发芽［N］．浙江日报，2021-12-29（5）．

动共发出实体“共富种子”盲盒250份。与此同时，“人民日报”客户端、“腾讯视频”客户端、“今日头条”客户端等新媒体平台纷纷进行转发，把浙江高质量发展建设共同富裕示范区的故事传播得更为广泛，营造了良好的社会舆论氛围，促进了全社会更快更好发展。

第二节 评析新闻网站新闻专题《村里最远那一户》

2020年10月17日，适逢国家扶贫日，湖南日报社主办的新闻网站华声在线推出大型融媒体专题《村里最远那一户》，以宣传视频作为开机页，大量运用高清大图和多种动画交互效果，具有强烈的视觉冲击力。该专题获得第三十一届中国新闻奖新闻网站新闻专题项目一等奖，是一件质量上乘的网络新闻专题，具有如下突出特点。

一、主题重大，独辟蹊径

2013年11月3日，习近平总书记来到湘西土家族苗族自治州花垣县排碧乡十八洞村，同村干部和村民代表围坐在一起，亲切地拉家常、话发展。在这里，他首次提出“精准扶贫”。习近平总书记表示，扶贫要实事求是，因地制宜。要精准扶贫，切忌喊口号，也不要定好高骛远的目标。

2015年11月27日至28日，中央扶贫开发工作会议在北京召开，习近平总书记发表重要讲话。习近平总书记指出，要解决好“扶持谁”的问题，确保把真正的贫困人口弄清楚，把贫困人口、贫困程度、致贫原因等搞清楚，以便做到因户施策和因人施策。要解决好“谁来扶”的问题，加快形成中央统筹、省（自治区、直辖市）负总责、市（地）县抓落实的扶贫开发工作机制，做到分工明确、责任清晰、任务到人、考核到位。要解决好“怎么扶”的问题，按照贫困地区和贫困人口的具体情况，实施“五个一批”工程。精准扶贫是为了精准脱贫。要设定时间表，实现有序退出，既要防止拖延病，又要防止急躁症。

2017年10月18日，习近平总书记在党的十九大报告中提出，坚决打赢脱贫攻坚战。随后，在第十九届中央政治局常委同中外记者见面会上，习近平总书记再次掷地有声地庄严承诺：“全面建成小康社会，一个也不能少；共同富裕路上，一个也不能掉队。”

脱贫攻坚，主题非常重大，相关报道很多。那么，如何做出新意？特别是地方媒体，如何使相关报道不落入俗套？“新湖南”客户端独辟蹊径，以最偏远的村庄里最远那一户作为切入视角，以文字、图片、视频等全媒体素材和融媒体手法来讲述脱贫攻坚这一重大主题。2020年8月至10月，“新湖南”客户端派出14路记者，跋山涉水，走进湖南省14个市州的14个贫困村最偏僻的那一户，记录最动人的脱贫故事。自10月1日起，“新湖南”客户端每天推出一户人家的故事。10月17日，华声在线推出大型融媒体专题《村里最远那一户》，一改传统竖版的设计，左右滑屏，更加灵动。此外，华声在线还为受众量身打造了一个手机端版本，既保留电脑端版本的大气设计和动态效果，又更好地适用于移动传播，网友阅读体验感好。

二、瞄准基层，精心策划

优秀的新闻作品是创作者集思广益、群策群力、精心策划的结果。做好重大主题宣传，需要契合重大节点。2017年11月3日是习近平总书记在十八洞村提出“精准扶贫”理念4周年纪念日。华声在线在年中进行下半年重点选题策划时，以“精准扶贫”为方向，将目光瞄准基层。经过大量收集、整理和筛选相关资料，华声在线最终决定从湖南省14个州各选一个村，聚焦每个村最远的那一户，精心策划和讲述它们脱贫攻坚的故事。

三、以小见大，深挖主题

以小见大手法的特点在于抓住一事一物、一情一景等，从大处着眼，从小处落笔，深入发掘，展开联想，为读者创造一个比现实生活更为广阔深远的艺术境界。《村里最远那一户》以最偏远的村庄里最远那一户的脱贫故事切入，记录最动人的脱贫故事，是以小见大的佳作。

四、全媒传播，效果颇佳

《村里最远那一户》创作团队高度重视全媒体传播效果，稿件采写契合新媒体气质，采用海报、视频、图片、文稿等多种呈现形式，为受众量身打造适合在客户端、微信公众号、微博、短视频平台等新媒体平台传播的全媒体盛宴。该新闻网站新闻专题发表后，“学习强国”学习平台等 20 多个新媒体平台纷纷转载，华声在线双首页、新湖南客户端首屏、百度新闻等在显著位置推荐，点击量达 1681 万人次。该新闻网站新闻专题内容厚重，呈现形式丰富立体，并采取互动点赞形式——屏幕端口滚动轮播 14 个贫困户脱贫后的笑脸和心声，网友可以为他们点赞助力，吸引了 8 万余人次参与点赞互动。

第三节　评析网络专题《绝壁上的“天路”》

2018 年 11 月 2 日，第二十八届中国新闻奖评选结果揭晓，华龙网策划推出的系列报道《绝壁上的“天路”》获得本届中国新闻奖网络专题项目一等奖。该系列报道导向鲜明，案例典型，立意高远，采写扎实，影响广泛，是报道脱贫攻坚的典型个案，发挥了网络主流媒体的价值发掘和引领作用。

一、主题重大

脱贫攻坚是全面建成小康的重要关口。而精准扶贫方略，是中国打赢脱贫攻坚战的制胜法宝，是中国减贫理论和实践的重大创新。事实证明，精准扶贫方略，不仅确保了脱贫攻坚取得全面胜利，而且有力提升了国家治理体系和治理能力现代化水平，丰富和发展了新时代中国共产党执政理念和治国方略。

2017 年 10 月 18 日，习近平总书记在党的十九大报告中指出：我国社会主要矛盾已经转化为人民日益增长的美好生活需要和不平衡不充分的发展之间的矛盾。2017 年 11 月 3 日，在全国上下深入学习贯彻党的十九大精神的大背景下，在习近平总书记提出“精准扶贫”四周年的重要节点，华龙网以发挥网络媒体的重要作用为己任，策划推出以全媒体形式呈现的系列报道《绝壁上的“天路”》，全方位、立体化报道了地处大山深处、与世隔绝的重庆市巫山县竹贤乡下庄村以愚公移山的精神摆脱精神贫困、走上致富之路的脱贫故事。该专题生动诠释了“不等不靠、内生动力；咬定精准、战天斗地；同舟共济、众志成城；锲而不舍、无惧无畏”的“下庄精神”，为受众展现了一条自力更生的脱贫之路。

二、深刻评论

评论承载的是思想，表达的是价值，提升评论质量，以思想优势赢得话语优势，是做好新闻舆论工作的重要内容。

新闻评论有强烈的新闻性、鲜明的政治性和广泛的群众性，观点深刻尖锐，是新闻报道的点睛之笔。如今，新闻评论作为灵魂和旗帜的地位日益凸显。新闻评论水平的高低，直接体现了相关媒体的影响力和公信力。媒体依托新闻报道配发评论，有助于受众获得对新闻报道的立体化认识，有助于编者及时主动地针对重大新闻事件或重大问题发表意见、表明看法等，从而增强新闻报道的可读性。

系列报道《绝壁上的“天路”》当中的 H5 页面《一个不能少：绝壁上的“天路”》、深度报道稿件《一个不能少：绝壁上的“天路”》（上篇）等的前言实际上就是配发式评论，言简意赅地深刻阐述了下庄村的发展历程、奋斗精神等，催人奋进，鼓舞人心。

三、采访深入

采访前的准备要充分深入，采访中要随机应变，抓住典型人物、典型事例和典型细节。为了做好系列报道《绝壁上的“天路”》，华龙网派出十余人次包括文字记者和摄像记者的采访团队，两度深入大山进行深度采访。这个采访团队克服重重困难来到下庄村，和当地村民同吃同住，辗转多地联系走访，持续一个多月，前后采访 20 多人，录制了近 500 分钟的视频素材，拍摄了 200 多幅图片，搜集了大量文字资料，捕捉了很多细节，由此理清了下庄村在修路过程中的一个个故事，为系列报道《绝壁上的“天路”》的后期成稿奠定了坚实基础。

四、风格素朴

在前期采访获得的丰富素材的基础上，华龙网精益求精，召开编辑碰头会十余次，对文字编辑、专题制作者、视频制作者等进行头脑风暴，力求尽善尽美，最终确定以“路·历程”“路·影像”“路·信念”“路·故事”等串联的网络专题形式。在报道风格上，系列报道《绝壁上的“天路”》一改重大主题报道宣传的风格，以朴实的风格和走心的形式引发受众共鸣，形成了受众主动传播的效果。系列报道《绝壁上的“天路”》无论变换何种传播形式，无论文字报道，还是视频制作，风格素朴始终不变。

五、形态多样

随着媒介技术快速发展，新闻作品的呈现方式日益多样化。系列报道《绝壁上的“天路”》报道团队采用多种技术和手段，根据内容选择形式，以 H5 页面、深度报道、视频、高清图片、VR 全景、原声再现、手绘漫画等全媒体形式，为不同受众量身打造了特色鲜明、易于传播的产品矩阵，适应了分众化、差异化的网络传播趋势。

六、集中发力，形成“爆款”

2017 年 10 月 31 日下午，华龙网放出时长 30 秒的短视频预告片，瞬间刷爆朋友圈。不久，重庆日报社主动联系华龙网，双方确定《重庆日报》接下来三天每天用一个版面，和华龙网同步刊发深度报道《一个不能少：绝壁上的“天路”》（上篇、中篇和下篇）。这是《重庆日报》第一次大规模刊发同城其他媒体的新闻报道，也是党报和党网进行深度合作的典范，更是媒体融合机制的一次成功实践。在《重庆日报》这一传统媒体的渠道加持下，系列报道《绝壁上的“天路”》影响力进一步扩大，权威性得到进一步提升，这也是该系列全媒体报道成为爆款作品的开端。

自 2017 年 11 月 1 日起，华龙网陆续推出深度报道《一个不能少：绝壁上的“天路”》（上篇、中篇和下篇）、视频《微纪录丨一个不能少：绝壁凿“天路”》、H5 页面《一个不能少：绝壁上的“天路”》、高清图片专栏《万花瞳丨一个不能少：下庄“愚公”问天要路》等，实现了展现深度和传播效果的最大化。

系列报道《绝壁上的“天路”》在全媒体平台刊发 5 天后，全网各平台总阅读量超过 1 亿人次。其中，华龙网自有平台“重庆”客户端（现改名为“新重庆”客户端）的点击量超过 109 万人次，电脑端独立访客数量达到 53 万人次，微博访问量超过 215 万人次，微信阅读量近 20 万人次。

第四节　评析网络新闻专题《你在天堂听到了吗？“一个人”的演出　五个人的乐队》

2020 年 10 月 8 日至 20 日，华龙网推出网络新闻专题《你在天堂听到了吗？“一个人”的演出　五个人的乐队》。2021 年 11 月 7 日，第三十一届中国新闻奖评选结果揭晓，该作品获得本届中国新闻奖新闻网站新闻专题项目一等奖。

一、捐献器官献大爱，媒介传播赞忠魂

习近平总书记多次强调：国之交在于民相亲，民相亲在于心相通。人民

的深厚友谊是国家关系发展的力量源泉。

2018年5月9日，热爱中国文化的澳大利亚小伙菲利普在重庆去世，他的家人决定尊重他生前的愿望，捐出他的一枚肝脏、两枚肾脏和一对角膜，让5位患有相关疾病的中国人“获得重生”——三人的生命得到挽救，两人的眼睛重获光明。这5位素不相识的受捐者得知菲利普生前的最大愿望是开一场音乐会后，组建了“一个人的乐队”这支特殊乐队，身穿印着“菲利普”名字的队服。毫无音乐基础的他们，从最基本的识谱开始，拼尽全力学习乐器。2020年1月11日，这支乐队首次公开露面。次日，他们第一次进录音棚进行和声。随着菲利普的生命而逝去的梦想，又重新回来了。他们还与菲利普父母进行视频连线，实现了父母和去世儿子的跨时空“团圆”，感人至深。

网络新闻专题《你在天堂听到了吗？“一个人”的演出　五个人的乐队》围绕澳大利亚小伙菲利普跨国捐献器官和接受捐赠的5位中国受捐者为他圆梦的故事这一新闻主题从不同侧面和不同角度进行多次连续报道，体现了中国和澳大利亚两国人民之间跨越山海的友谊，立意十分深远。该网络新闻专题内容丰富，向受众提供理论包含H5页、深度报道、视频、VR全景、高清图片等在内的全媒体产品矩阵，其中包括代表作《五个人的乐队　“一个人”的演出——菲利普，你在天堂听到了吗？》《从重庆到悉尼　这场跨越时空的云端音乐会温暖百万网友》《微纪录丨五个人的乐队　“一个人”的演出——记一场跨越时空的“团圆”》。

这个专题背后是一个故事，一个感人至深的故事，而把这样一个关于器官捐献的故事如此生动呈现出来则是这个专题的成功之处。该专题创作团队精心制作，积极传播，从澳大利亚到中国，从悉尼到重庆，从一个菲利普到5个“菲利普”，生命延续跨越了国界，也搭建起了一座坚实的友谊桥梁。你让我重生，我为你圆梦——这不只是“滴水之恩，涌泉相报”的现代版，更是跨越山海的友谊，闪耀着人道主义的光芒。

二、技术创新大发力，传播效果更喜人

在生产方式上，《你在天堂听到了吗？“一个人”的演出　五个人的乐队》是技术和内容完美融合的产物。这是一次“四全媒体”[①]的有力实践。该作品创作团队通过增强现实（AR，Augmented Reality）技术将虚拟信息和真实世界巧妙融合，让已去世的菲利普全息投影“现身”舞台；同时，他们通过移动直播技术全程记录音乐会，让大洋彼岸的菲利普父母和儿子实现跨时空的“团圆”。在此过程中，乐队成员、菲利普父母、参与筹备音乐会的志愿者等，不仅是音乐会的参与者，也是音乐会的传播者。表演结束后，乐队成员茉莉第一时间发朋友圈称：“一份跨国的大爱，很庆幸我就是其中的一个幸运儿。”

在传播渠道上，《你在天堂听到了吗？“一个人”的演出　五个人的乐队》实现了全媒体矩阵传播。该专题报道在华龙网、“1+41”重庆客户端联盟集群等广泛传播，微博、微信等第三方新媒体平台积极推送，中国日报网、网易网、《澳洲新快报》等国内外媒体纷纷转发。该专题推出后，中央广播电视总台新闻频道制作了时长近15分钟的专题报道，《中国青年报》等也跟进推出相关深度报道。

在社会反响上，《你在天堂听到了吗？“一个人”的演出　五个人的乐队》充分激发了人间正能量。看完该新闻专题后，很多网友表示：“感人至深。”“要好好思考一下人生的价值。”从某种程度上说，该新闻专题真正实现让大爱翻越山海，让生命跨越时空。

三、情景交融感人心，大爱无疆广流传

《你在天堂听到了吗？“一个人”的演出　五个人的乐队》的布局、设计、视觉、音乐等均有可取之处，是创新正能量故事报道的有益探索。

---

① “四全媒体”指的是全程媒体、全息媒体、全员媒体和全效媒体，这一概念体现了全媒体时代媒体发展的新趋势和新特征。

（一）文字表达，形态多样

1. 标题引人

《你在天堂听到了吗？“一个人”的演出　五个人的乐队》这个专题标题直接以设问作为标题，强烈吸引读者，启发读者思考，促使深刻领会报道的主题。而其中的代表作《五个人的乐队　“一个人”的演出——菲利普，你在天堂听到了吗？》的三个小标题分别是“来自菲利普的礼物　他离开了，却让五个中国人重获新生”“来自五个‘菲利普’的礼物　一场音乐会，让一家人跨时空‘团圆’”“来自无数个‘菲利普’的礼物　大爱无疆让更多生命延续”。这三个小标题不仅保证这篇报道层次分明，结构清晰，而且将事件的发展变化表达出来，起到了画龙点睛、深化主题的作用。

2. 叙述故事

故事指的是以言语、文字、图片等形式将事件、情节、人物等编排起来的叙述，通常用于传递信息、表达思想、娱乐等。故事是一种文学体裁，侧重于事件过程的描述，强调情节的生动性和连贯性，较适于口头讲述。《你在天堂听到了吗？“一个人”的演出　五个人的乐队》的文字表述非常有故事性，有事实背景，有事实发展，有心理描写，有现场叙述，有事实结果，首尾圆合，意境深远。

3. 抒发情感

抒情是指以形式化的话语组织来象征性地表现个人内心情感的一类文学活动。抒情叙事相对，具有主观性、个性化、诗意化等特征。新闻工作者利用诗歌这种抒情言志的文学体裁集中抒发自身的思想感情。

新闻专题《你在天堂听到了吗？“一个人”的演出　五个人的乐队》当中的代表作《五个人的乐队　“一个人”的演出——菲利普，你在天堂听到了吗？》中就有一段运用第二人称的诗歌，极具浓郁抒情色彩，增强了亲切感和感染力，也使读者迅速融入角色，把感情调动起来并融入文章。

你走了
留给这个世界最珍贵的礼物是希望
是五个等待已久的生命
因你重获新生
我和你母亲知道你还活着
从未离开
空气中还有你的气息
你还在亲历这个精彩的世界
你就是他们
他们和你一个样
我们失去了一个菲利普
却获得了五个“菲利普”……

(二)照片展示，各显其意

图文报道因自身的贴近性和感染力而成为各大报刊媒体和新闻网站的重要报道形式，深受广大受众喜爱。然而，随着媒体融合不断深化，作为传统报道形式的图文报道正面临着新问题和新挑战。在这种情况下，新闻工作者应该进一步解放思想，顺应形势，积极作为，闯出一条图文报道创新之路：图文并茂，不再是传统的文配图或图配文，而是图文融合，图文地位均等，并驾齐驱，共同发力。

《你在天堂听到了吗？“一个人”的演出　五个人的乐队》当中的代表作《五个人的乐队　“一个人”的演出——菲利普，你在天堂听到了吗？》配发的 5 张图片的图题分别是：“五位乐队成员以前不懂音乐，为了实现菲利普生前的音乐梦，他们努力练习，用心表演。华龙网—新重庆客户端　记者　李文科　摄”“通过 AR 虚拟成像技术，‘菲利普’出现在舞台上，与五位成员‘同台'。直播页面截图""菲利普生前非常喜欢旅游。菲利普家人供图　华龙网—新重庆客户端发""华龙网—新重庆客户端对这场音乐会进行直播，并联合澳大利亚新快传媒视频连线菲利普父母，实现了跨时空的'团圆'。直播页面截图""音乐会直播结束后，菲利普的父母和菲利普生前的同事、西南大学外国语学院国际交流与合作中心主任张俊视频聊天。华龙网—新重庆客户端　记者　李裕锟　摄"。这5张照片及其图题从不同内容、不同角度、不同构图等简明扼要地将新闻事实生动形象地表现出来，和这篇报道的文字稿互为补充，效果甚佳。

（三）传播渠道，多种融合

全媒体报道的优势在于整合力量，协同作战，密切配合，采取文字、图片、表格、音频、视频等呈现形式，实现"一屏到多屏"传播，满足多终端传播和多种体验的需求，覆盖更多受众，立体鲜活。《你在天堂听到了吗？"一个人"的演出　五个人的乐队》报道组充分发挥媒体"中央厨房"的作用，烹饪好新闻大餐，通过"一次采集、多种生成、多元传播"的创作模式，选择最佳时机通过多种渠道推广推出了系列报道，营造了良好的舆论氛围，收到了显著的宣传效果。正是在这种融合传播状态下，《你在天堂听到了吗？"一个人"的演出　五个人的乐队》集中多种媒体平台的优势，运用新媒体技术，联动海外媒体，实现了广泛传播，极具社会价值。

本章作业

制作一件网络新闻专题作品，并撰写一篇2000字以上的创作体会文章。

参考文献

［1］安剑峰．全媒体时代民俗传播的意义及路径研究［J］．记者摇篮，2018（10）．

［2］本书编写组．实践中的马克思主义新闻观：新闻报道经典案例评析［M］．北京：高等教育出版社，2015.

［3］本书编写组．习近平新闻思想讲义［M］．北京：人民出版社，学习出版社，2018.

［4］操慧．县级融媒体优秀传播案例评析：以四川省为例［M］．成都：四川大学出版社，2020.

［5］曾镇南．在中西文化碰撞夹缝中挣扎的畸形人物：论倪吾诚［J］．当代作家评论，1987（2）．

［6］陈建云．马克思主义新闻观典型案例分析［M］．上海：复旦大学出版社，2019.

［7］陈信凌．新闻作品评析［M］．北京：北京师范大学出版社，2011.

［8］郭静雯．一篇舆论监督报道的诞生始末［EB/OL］．（2023-06-05）［2024-01-18］．https://scjx.scol.com.cn/web/show.aspx?id=4851.

［9］韩隽，巨高飞．网络新闻专题的内在特质与变化态势：基于近三届中国新闻奖相关获奖作品分析［J］．传媒，2020（24）．

［10］刘伟．第 25 届中国新闻奖消息、通讯获奖作品点评［EB/OL］．

（2016-01-18）［2024-01-12］. http://media.people.com.cn/n1/2016/0118/c402080-28064000.html.

［11］刘学波 . 湖南卫视《新春走基层　直播皇都侗寨》创作体会［J］. 中国记者，2019（3）.

［12］刘阳 . 法不容情情自融：从传播学角度解读中央电视台社会与法频道［J］. 新闻战线，2005（9）.

［13］马克思，恩格斯 . 德意志意识形态［M］// 马克思，恩格斯 . 马克思恩格斯选集：第 4 卷 . 中共中央马克思恩格斯列宁斯大林著作编译局，编译 . 北京：人民出版社，2012.

［14］毛泽东 . 改造我们的学习［C］// 中共中央文献研究室，中央档案馆 . 建党以来重要文献选编（一九二一——一九四九）：第十八册 . 北京：中央文献出版社，2011.

［15］宋兆宽 . 清水出芙蓉　天然去雕饰：谈新闻写作的朴素之美［J］. 新闻界，1990（1）.

［16］宋兆宽 . 图文并茂展事实　悲壮融合升境界：谈新闻摄影作品的悲壮之美［J］. 艺术家，2019（10）.

［17］宋兆宽 . 丸之走盘　横斜圆直：谈新闻写作的和谐整齐美［J］. 新闻知识，1991（1）.

［18］宋兆宽 . 新闻表现艺术［M］. 大连：大连出版社，1991.

［19］宋兆宽 . 新闻采访与写作新编教程［M］. 长春：东北师范大学出版社，2018.

［20］宋兆宽 . 新闻采写实用技法［M］. 南京：河海大学出版社，1989.

［21］宋兆宽 . 新闻摄影新论［M］. 保定：河北大学出版社，2021.

［22］宋兆宽 . 新闻作品评析的理论与实践［M］. 北京：中国广播电视出版社，2007.

［23］宋兆宽 . 用事实说话要可信：两篇中国新闻获奖作品优劣辨析［J］.

新闻知识，2001（4）.

［24］汤世英 . 中外新闻作品研究［M］. 武汉：武汉大学出版社，2000.

［25］王灿发 . 新闻作品评析教程［M］. 北京：中国传媒大学出版社，2007.

［26］王卫明，黄晓军 . 新闻作品赏析［M］. 武汉：华中科技大学出版社，2021.

［27］王宇 . 评委有话说丨第二十八届中国新闻奖广播作品评析［EB/OL］.（2019-06-03）［2023-10-21］. http://www.zgjx.cn/2019-06/03/c_138113040.htm.

［28］吴旭 . 党报暖民心　为基层群众排忧解难［N］. 中国新闻出版广电报，2020-01-14（7）.

［29］吴郁 . 听听白岩松要对我们说什么：评《面对面》中的白岩松［J］. 电视研究，1997（4）.

［30］习近平 . 在纪念红军长征胜利 80 周年大会上的讲话［EB/OL］.（2016-10-21）［2024-01-18］. http://www.xinhuanet.com/politics/2016-10/21/c_1119765804.htm.

［31］谢榛 . 四溟诗话［C］// 丁福保 . 历代诗话续编 . 北京：中华书局，1983.

［32］张炯 . 报告文学的新开拓：读《哥德巴赫猜想》［J］. 文学评论，1978（4）.

［33］张效民 . 鲁迅作品赏析大辞典［M］. 成都：四川辞书出版社，1992.

［34］张选国 . 应该怎样写作：对 78 篇新闻稿的评析［M］. 北京：新华出版社，1998.

后 记

《新时代新闻作品评析》是河北传媒学院学术基金资助项目，是河北省高等学校人文社会科学重点研究基地——河北传媒学院县级融媒体建设与发展研究中心资助项目。在成书过程中，笔者得到河北传媒学院领导及教务处、科研处、传媒与艺术研究所、新闻传播学院、中国国际广播出版社等单位的大力支持，谨此致以衷心感谢。

对一些同行的著作、教材、论文、新闻作品等，本书加以参考或引用，有些出现在字里行间，有些出现在注释里，但难免会有遗漏，甚为遗憾，多请谅解。没有对同行成果的学习、借鉴或引用，就不可能完成本书，谨此致以衷心感谢。

2007 年 12 月，中国广播电视出版社出版了笔者的《新闻作品评析的理论与实践》。该著作是浙江省重点学科新闻传播学研究成果和浙江省广播电视研究院资助研究项目，也是较早研究新闻作品评析的著作，为笔者撰写本书奠定了较好的基础，谨此再次向浙江传媒学院致以衷心感谢。

宋兆宽

2023 年 11 月 10 日

图书在版编目（CIP）数据

新时代新闻作品评析 / 宋兆宽编著. —北京：中国国际广播出版社，2024.5
ISBN 978-7-5078-5566-1

Ⅰ. ①新… Ⅱ. ①宋… Ⅲ. ①新闻－文学评论－中国－当代 Ⅳ. ①I207.5

中国国家版本馆CIP数据核字（2024）第104069号

新时代新闻作品评析

编　　著　宋兆宽
策划编辑　刘　丽
责任编辑　林钰鑫
校　　对　张　娜
版式设计　邢秀娟
封面设计　赵冰波

出版发行　中国国际广播出版社有限公司［010-89508207（传真）］
社　　址　北京市丰台区榴乡路88号石榴中心2号楼1701
　　　　　邮编：100079
印　　刷　北京汇瑞嘉合文化发展有限公司

开　　本　710 × 1000　1/16
字　　数　220千字
印　　张　14
版　　次　2024 年 6 月　北京第一版
印　　次　2024 年 6 月　第一次印刷
定　　价　56.00 元

版权所有　盗版必究